Emmanuel Duret

Baie des massacres

Roman

Marosk

Du même auteur

-*Et nous étions parfaitement au courant*, recueil de nouvelles, A&Z, 2004 (en collaboration avec Christophe Duret).

-*L'un d'entre nous devra y passer,* recueil de nouvelles, A&Z, 2004 (en collaboration avec Christophe Duret).

-*La tradition de la douleur,* recueil de nouvelles, A&Z, 2005 (en collaboration avec Christophe Duret).

-*Cartographie des errances,* roman, A&Z, 2018.

Les éditions de Marosk

© 2019 Emmanuel Duret. Tous droits réservés.

ISBN 978-2-9808725-3-5 (version imprimée)

Dépôt légal, Bibliothèque et Archives nationales du Québec, 2019

Dépôt légal, Bibliothèque et Archives du Canada, 2019

Imprimé aux États-Unis

À mes parents.
À mes enfants.
À toi.

-Est-ce que je suis trop envahissante ?

-Terriblement, lorsque tu n'es pas là.

Romain Gary, *Clair de femme*

*C'est l'histoire d'un homme qui tombe d'un immeuble de 50 étages et qui
se répète pour se rassurer : jusqu'ici tout va bien, jusqu'ici tout va bien...
Mais l'important ce n'est pas la chute mais l'atterrissage...*

C'est sur ces mots que débutait un film que j'avais vu au milieu des
années 90. Il avait d'ailleurs obtenu un succès d'estime en plus de pas
mal de prix et distinctions dans les festivals à travers le monde. Dans la
salle d'un cinéma de Montréal, bien au chaud dans mes 20 ans, je
n'imaginais pas les blessures sales, la chair qui éclate et les vilaines
cicatrices impossibles à camoufler. Je n'avais vu que l'esthétisme du noir
et blanc, une mort romantique et presque chevaleresque.

Avec quelques mots à teneur de *nevermore,* Sarah m'avait poussé dans le
vide vingt ans plus tard. Et si la chute avait été instantanée, l'atterrissage
s'étirait sur toutes les secondes que nous avions vécues ensemble. Un peu
plus de 470 millions. Ce n'était pas l'altitude qui me donnait le vertige,
mais le temps à vivre sans elle, l'absence dont on ne se détache pas.

1

À peu près tout le monde m'avait conseillé de repeindre ma chambre dans la dernière année, prétextant que c'était une bonne façon de repartir à zéro. Comme si un gallon de peinture avait le pouvoir d'effacer le passé! Comme si une couche de primer suffisait à faire disparaître le noir! Le poids de la neige du dernier hiver sur le toit avait fait craquer les joints sur les murs du rez-de-chaussée et la peinture s'était écaillée en plusieurs endroits. Les plinthes n'avaient pas été posées et l'on voyait les démarcations laissées par le rouleau. La chambre avait l'air d'être en travaux depuis des années, et cela me convenait, je crois. Ça me donnait l'impression d'un temps en suspension. Je n'allumais jamais la lumière et je gardais les rideaux fermés. De cette façon, elle ne racontait aucune autre histoire que celle que je voulais bien entendre.

Repeindre la chambre. Et refaire ma vie.

Et descendre l'horloge du mur où je l'avais accrochée quelques années plus tôt. Entre les chiffres et les coccinelles dessinées il y avait écrit *Porte bonne heure*. Le jeu de mots ne se prêtait plus aux circonstances. Le mécanisme s'était enraillé et les aiguilles tressautaient sans avancer sur le cadran. L'horloge appartenait maintenant à un présent aux émotions caduques où l'obsolescence programmée s'appliquait aussi aux sentiments. D'ailleurs, jusqu'à ce jour, à l'image de Sarah, l'objet n'avait jamais pris autant de place.

Je suis sorti péniblement du salon en trainant la honte sur mes épaules, mon partenaire de chute de la dernière année. Un amoncellement de bouteilles vides et de mégots de cigarettes dans le cendrier faisait état de ma soirée de la veille. Je consommais, je me consumais. Comme bien souvent à mon réveil, j'avais mal à l'estomac. Je poursuivais mon cycle de lendemain de veille sans l'assumer, niant mes black-out à l'aide de pansements gastriques. Une nausée persistante me rappelait mes soirées d'excès aux réminiscences adolescentes.

Les contenants de médicaments étaient disposés sur le comptoir de la cuisine entre les restes du souper et la vaisselle sale. Je tergiversais froidement à propos de l'intoxication et de la souffrance en cas de surdose volontaire qui laisserait une image dégradante de moi-même sur le plancher, macérant dans mon urine et mon vomi. À coup sûr ma sœur trouverait mon cadavre, toujours attentive à mes déroutes et mes plongeons, alertée de ne pas avoir de réponses à ses appels quotidiens. Elle ne méritait pas ce spectacle. Et puis il y avait toujours le risque que ce soit Lou puisqu'elle aussi détenait la clé de la maison. C'est à ce genre de détails sordides que je pensais quand j'étais seul dans mon salon. Depuis mon Ipod, une voix rauque m'amenait de mon sofa à l'orée d'un bois aux silhouettes crépusculaires où les ombres de pendus se confondaient à l'obscurité. *Strange fruit hanging from the poplar trees,* la chanson s'écrivait sur les murs de mon salon, sur les parois de mon crâne, traçant de parfaites félures avec le passé.

11

J'ai respecté la posologie pour chaque médicament, puis j'ai refermé les flacons en soupirant. Quelques minutes suffisaient avant que mon corps ne soit trop lourd pour mes muscles. Je finissais par m'échouer quelques heures de plus devant un programme télé en sourdine. Identiques et mesquines, les journées s'écoulaient au même rythme depuis des mois. Je ne cherchais pas à y trouver un sens. Je m'y soumettais dans l'encadrement des murs froids de ma prison sous hypothèque. Mon champ lexical de la dernière année se résumait à la pharmacopée d'un dépressif qui me libérait d'un corps et d'un cerveau en désaccord. Ma soeur usait d'imagination et d'entrain pour me faire prendre l'air tandis que je faisais semblant d'aller mieux. Elle disait que ça faisait partie de ma thérapie.

J'acquiesçais. Je lui mentais, bien sûr. De toute façon, je mentais tout le temps depuis longtemps. Je ne savais pas si j'avais déjà été honnête.

J'ai ouvert la fenêtre de la cuisine pour faire entrer l'air frais et diluer l'odeur du tabac froid. La forêt, à quelques mètres, était paisible. Plus bas, des enfants jouaient dans la cour de la petite école primaire et leurs cris confus remontaient jusqu'à moi. Puis, le son d'une cloche a retenti mettant fin à la récréation du matin et le calme est revenu. De la vapeur sortait de ma bouche. Des frissons retournaient ma peau. J'ai fermé la fenêtre et j'ai rejoint le canapé du salon pour reprendre le rythme de journées entrecoupées d'appels téléphoniques et de messages textes filtrés avec soin. J'avais désactivé la fonctionnalité « message lu » dans les paramètres de mon téléphone pour éviter les interrogatoires de ceux qui les avaient envoyés et qui s'attendaient à une réponse instantanée après que j'en ai pris connaissance. Mais aux deux semaines je n'échappais pas aux appels de mon assureur qui tenait à évaluer avec moi la pénibilité de mon quotidien, la qualité de mon sommeil, ma capacité de concentration et tout un tas d'autres critères pour envisager un retour au travail dès que possible, parce que quand même, fallait pas abuser du système! D'accord, l'agente en assurances me l'avait accordé du bout des lèvres lors d'une conversation houleuse quelques semaines plus tôt, je cotisais aux régimes d'assurance depuis des années sans jamais avoir rien réclamé, (mon absentéisme au travail presque nul en témoignait) mais je devais maintenant passer de la prise en charge à la prise en mains. Mon patron abondait dans le même sens lorsqu'il m'écrivait de longs courriels pour prendre de mes nouvelles et me signifier au passage l'enfer que vivait mon remplaçant, un jeune professeur fraichement diplômé. Sa formation inappropriée ne l'avait pas préparé à affronter une cohorte d'adolescents cruels à laquelle il exposait son manque criant d'expérience et de fermeté. Mon directeur harcelé par le flot d'appels de parents mécontents espérait ma compassion et soulignait mes nombreuses qualités de plus en plus évidentes à ses yeux pour précipiter mon retour au travail et mettre ainsi un terme à son calvaire. À l'évidence j'étais devenu indispensable mais je restais insensible à son désespoir et je me convainquais sans mal que chacun portait sa croix, la mienne étant assurément plus pesante que la sienne et celle de mon remplaçant réunies.

Quelques semaines après le départ de Sarah, au moment de l'entrée du psychiatre dans ma vie, ma sœur avait déposé un carnet bleu sur ma table de cuisine après une visite improvisée. Selon elle, raconter mon naufrage était la meilleure façon d'apercevoir la côte par-dessus les lames. Un jour, je le refermerai définitivement avec l'essentiel de ma peine à l'intérieur. Je devais y croire, la dépression était comme un train de marchandises au passage à niveau : elle finirait par passer.

Le carnet bleu devait accueillir le récit de l'apocalypse qui avait eu lieu un an plus tôt et devenir le mausolée de 15 ans de vie que je consignerai un jour dans un tiroir avec le reste de nos souvenirs et la partie marcescente de mon cœur où l'amour avait un jour fleuri.

2

Quand j'étais jeune, je m'imaginais l'enfance de mon père dans un monde en noir et blanc, au ralenti, comme les images en 8mm d'un film d'époque. Jamais je ne l'envisageais dans un espace coloré où les rires et l'aboiement du chien de la maison étaient identiques à ceux qui accompagneraient mon enfance bien plus tard. Quand je fouillais dans ses albums photos, je visitais un monde lointain, mystérieux et sacré. Et son silence, face à cette époque, ses réponses évasives à mes questions nourrissaient ma fascination. J'ai compris plus tard que son enfance s'était déroulée dans l'attente d'un père révélée par la grisaille argentique des photographies où il brillait par son absence.

J'ai détesté mon grand-père, mort pourtant depuis longtemps, par solidarité d'abord envers mon père, puis lorsque je suis devenu papa et que j'ai découvert l'amour facile, sans effort ni compromis, exempt de toute usure. Inoffensif comme un soleil de novembre, il suffisait de s'y exposer. Et il n'avait jamais su le faire. Il n'avait pas aimé ses enfants et m'avait laissé un papa écorché, une faille profonde dans le fond de l'œil, là où s'engouffre si facilement la peine. Comme mon père je l'appelais *le vieux* ou Rémy, plutôt que *pépé* ou *papi*, des noms trop affectueux pour décrire la relation que nous avions eue. Il les aurait portés comme un costume trop chic dans une soirée, comme un compliment qui ne lui était pas destiné.

Mon grand-père paternel a succombé à une crise cardiaque en août 1988, quelques mois avant sa retraite. Ma grand-mère m'avait préféré d'autres de ses petits-enfants moins rétifs à ses étreintes maladroites et je suis resté, pour l'un comme pour l'autre, un témoin distant de leur déclin. Je leur en ai voulu de n'avoir pas fait couler des larmes sur mes joues à leur disparition.

Quelques mois avant le départ de Sarah, Lucienne Vialens, ma grand-mère, est morte dans son fauteuil à l'âge de 86 ans, un fil dans une main attendant le chas d'une aiguille dans l'autre. Mon père l'avait trouvée le lendemain matin. Elle avait l'air d'une rose fanée dont le dernier pétale rabougri venait de tomber au pied de sa tige. Après la mort de son mari, elle avait vécu seule dans sa maison à la frontière de l'Ontario et avait été heureuse pendant toutes ses années de veuvage entre les voyages, les nouvelles amitiés et même une histoire d'amour avec un veuf trop vite emporté par un cancer de la prostate. Les hommes avaient la sale manie de mourir avant elle, elle se croyait maudite. Parfois, dans ses rêves abscons où la plongeaient ses timbres de morphine, son corps tordu par les douleurs arthritiques se transformait en mante religieuse, en veuve noire.

Aux funérailles de mon grand-père, personne autour de moi n'avait pleuré devant son cercueil à part sa femme, par correction sans doute. Elle avait le visage fermé et la mâchoire crispée pour contenir sa peine ou sa colère, je n'ai jamais su. L'atmosphère était froide et j'avais ressenti un malaise face à la distance installée entre l'homme que l'on avait mis en terre et les êtres qui y avaient assisté. Devant le trou rouvert trente ans plus tard pour y déposer le cercueil de ma grand-mère, Sarah avait glissé sa main dans la mienne parce que c'est ce que l'on fait dans les circonstances. Une main froide, des doigts fugitifs prêts à se détacher au moindre relâchement de mon étreinte.

Ses frères et sœurs avaient donné à mon père le mandat de vider la maison de mes grands-parents en échange de garder ce qu'il voulait des meubles. Tout le monde y avait trouvé son compte, et mon père un certain enthousiasme après quelques années de retraite mal vécues.

Une fois les procédures administratives réglées après les obsèques, mon père avait entrepris avec enthousiasme le long et fastidieux déménagement. Requinqué par ce « projet », il s'était senti à nouveau utile à quelque chose. La fratrie avait convenu de vendre la maison que personne ne souhaitait reprendre et mon père s'était porté volontaire pour réaliser quelques travaux de rénovation qui faciliteraient la vente tout en augmentant sa valeur marchande. Cette belle maison canadienne plantée au milieu d'une campagne bucolique trouverait de nouveaux propriétaires confiants d'y vivre de belles années riches en souvenirs.

Avec le temps, ma grand-mère avait développé une obsession presque maladive, en tout cas contraignante, de ne rien jeter et d'accumuler tout un tas d'objets souvent obsolètes. Sa maison était devenue un capharnaüm où les antiquités côtoyaient les plus quelconques bibelots. Les photos de famille et les reproductions de peintures célèbres recouvraient les murs, les étagères et bibliothèques croulaient sous les livres et les revues, les meubles disparaissaient sous les babioles en tous genres, dauphin-horloge du Mexique, tour Eiffel au fusain, phare-baromètre du Cap Breton, presse-papier en verre de Murano. Elle avait installé dans son salon un monde propice aux voyages immobiles pour son corps douloureux.

De la cave au grenier, la maison débordait de meubles abimés, d'albums photos, de boites décoratives, d'appareils ménagers fonctionnels, mais remplacés par d'autres plus performants et de cartons où les moindres traces de toute une vie avaient été consignées.

Le travail de tri entrepris par mon père était colossal et laborieux, mais il avait éprouvé un plaisir inavouable à travers la redécouverte de sa mère, une femme réservée et timide. Chaque matin, il partait de chez lui guilleret et passait la journée à remplir des boites pour les remiser ensuite dans son garage. Il ressentait la même joie que lorsqu'il était enfant et qu'il retrouvait sa mère chaque vendredi à son retour du pensionnat. À plusieurs reprises, il m'a demandé de l'aider pour me faire sortir de ma maison autrement que pour mes visites chez le docteur Falardeau et mes arrêts à la pharmacie. Mon père avait de la peine pour moi. Il en dormait mal la nuit et se rongeait les sangs, impuissant face à ma déroute. Sa passion pour l'histoire lui faisait associer ma séparation à la Bérézina, une longue errance en terre brûlée, le pire drame qui soit après la perte d'un enfant dont il n'existe pas de mot pour en désigner l'état. Plus romantique, je la comparais à un trou noir, l'horizon absolu d'où la lumière ne peut s'échapper.

Quand il est venu me chercher un matin, j'émergeais à peine d'une nuit sous somnifères dont j'avais abusé pour m'assommer. Je sortais du même état végétatif que l'on ressent quand on a été cloué au lit pendant des jours par une maladie. Mes jambes ne suivaient pas et l'étau de l'Ativan écrasait ma tête dont j'avais essayé chimiquement d'extraire le pus. Après deux ou trois cafés et un anxiolytique en sucrette, je suis parti avec lui. On n'a pas échangé un mot durant tout le trajet. Le silence nous a rapproché un peu, mine de rien, comme lorsque j'étais enfant et qu'il fumait des cigarettes, la vitre ouverte. Il ne disait rien, les yeux cachés derrière ses lunettes de soleil par crainte sans doute de m'exposer la faille où s'enfonçaient les souvenirs de son enfance blessée.

Toute la journée, on a déplacé, dépoussiéré, vidé et démonté des meubles avant de ranger leur contenu dans des boites de carton que l'on identifiait et empilait ensuite dans l'entrée. J'en avais mal aux muscles si peu sollicités depuis de longs mois. Ça sentait la vie, la poussière et le bois, l'humidité et la trace minuscule d'un parfum longtemps porté. C'était leur odeur, indescriptible et complexe pour un nez étranger, celle que mon père humait avec délectation dans les bras de sa mère à son retour de pension. On a démantelé la structure matérielle dans laquelle s'était déroulée la vie de ma grand-mère, et cela constituait une étape importante du deuil de mon père. En vidant l'espace physique occupé par sa mère, il s'appropriait sa mémoire et se familiarisait avec la permanence de son absence. Il classait les objets par taille, par catégorie, par utilité, par valeur, un peu comme on trie ses souvenirs pour en alléger le poids, puis nous regroupions les boites selon une logique qui m'échappait. On a fait plusieurs allers-retours jusqu'à chez lui avec le pick-up chargé, et malgré cela, la maison ne désemplissait pas.

Par moments, je le surprenais le nez dans des boîtes de photos. Il avait du mal à identifier tous les lieux et les visages, mais il éprouvait du plaisir à me raconter les histoires que certaines révélaient, celles de toute une famille contenues dans une boîte de métal dont chaque photo résumait un chapitre.

Avant de partir ce jour-là, je suis entré dans le bureau de mon grand-père où tout était encore en place, intact. Ma grand-mère n'avait pas touché à cette pièce depuis sa mort. Elle était identique aux souvenirs de mon enfance avec ses filières de métal alignées contre le mur, son grand bureau massif autrefois recouvert de dossiers et, surtout, ces animaux empaillés accrochés aux murs. Les bêtes étaient figées dans des poses naturelles d'une vie sauvage reconstituée sur un décor de résine. Creux et silencieux dans sa vie comme dans sa mort, il était à l'image de ces bêtes vidées de leurs entrailles et remplies de paille. Et sans pouvoir l'expliquer, ce jour-là, j'ai rouvert la porte à mon grand-père, un homme pourtant que je n'avais pas aimé, mais auquel je voulais donner une place laissée vacante par le départ de Sarah.

Une semaine a été nécessaire pour vider le rez-de-chaussée avant de pouvoir nous attaquer au grenier. À l'extérieur de la maison, nous avions quasiment rempli un container de ce qui n'avait plus de place dans nos vies, de ce que nous avions considéré comme des lambeaux de peau d'une vie dépecée. Et l'odeur de la maison s'est faufilée entre nos va-et-vient pour se perdre dans l'atmosphère.

3

Pour accéder au bureau du docteur Falardeau, je devais me rendre au 5ème étage du CLSC de ma région, parcourir plusieurs couloirs éclairés aux néons et attendre sur une chaise devant la porte sécurisée que celui-ci vienne m'ouvrir à l'aide de sa carte magnétique. Le bureau du docteur était assez froid pour que l'on n'ait envie de s'y attarder ou même d'entamer une discussion légère à la fin du rendez-vous. L'endroit était inhospitalier, un peu à l'image du bâtiment récemment construit et du docteur assis devant moi. Les murs renvoyaient une chaleur synthétique crachée par les néons où la compassion était absorbée. Un type traité pour paranoïa aigüe assis à côté de moi dans la salle d'attente marmonnait que tout cela était planifié pour réduire le temps des consultations afin de désengorger un système noyé sous la demande en santé mentale toujours plus importante. Ma génération vacillait devant un système incapable de la soutenir sans autre alternative que des béquilles chimiques et des lignes téléphoniques à notre écoute. Les *pusher* en blouse blanche nous servaient toujours avec le sourire, que demander de plus?

Chaque semaine depuis un an, je consultais le docteur Falardeau à la demande de mon généraliste qui m'avait référé en psychiatrie. En échange, le psychiatre confirmait mon invalidité à mon employeur et renouvelait mon arrêt de travail aux trois mois. La dépression majeure postséparation dont je souffrais justifiait ce long arrêt de travail. À chaque rendez-vous, le docteur Falardeau suivait le même rituel, employait les mêmes mots, faisait exactement les mêmes airs et réagissait de la même façon lorsque je lui faisais le compte rendu de la semaine. Il m'écoutait en regardant son bureau, légèrement enfoncé dans son fauteuil de cuir sur roulettes, le visage appuyé sur sa main, l'auriculaire régulièrement planté dans une narine pour en repousser les poils récalcitrants. De temps en temps, il ouvrait mon dossier, le feuilletait machinalement sans y chercher un renseignement précis, demandant à chaque semaine les mêmes informations que je répétais en boucles. À quelques mois de la retraite, le docteur avait accepté de me suivre pour faire plaisir à mon médecin de famille, un vieux collègue et partenaire de squash avec lequel il s'envoyait des Whishys dans un club house très select de Westmount. Mais l'envie n'était plus là. Il en avait trop vu des fantômes intoxiqués aux antipsychotiques prescrits généreusement par ses soins. Parfois même, les rôles s'inversaient quand les poings serrés, le docteur se plaignait de ses formations inutiles, des congrès ennuyeux, critiquait les nouveaux médicaments, jugeait sévèrement la relève dans la discipline qui n'optait pas pour la même approche que la sienne. Il devenait impatient, fébrile, et moi j'acquiesçais feignant d'être intéressé, impatient de foutre le camp, ma prescription dans la poche. Il n'y avait pas une si grande différence entre nos états psychologiques respectifs et rien ne nous distinguait vraiment, si ce n'est notre place du côté du bureau et quelques détails physiques assez minimes lorsque ramenés à une grande échelle.

Il attendait le moment où il consacrerait son temps à la lecture et à la pêche, seules activités au programme de sa retraite dans un chalet cossu de Sainte-Adèle. Semaine après semaine, il cherchait la moindre trace d'amélioration de mon état pour ainsi envisager la fin de nos séances. De mon côté, je repoussais l'échéance de ma guérison, pas encore prêt à ranger ma rupture amoureuse dans la case des évènements irrévocables. Puis, après un moment qui lui a semblé approprié pour que la consultation ne paraisse pas trop expéditive, il m'a donné rendez-vous la semaine suivante, le renouvellement de ma prescription de Seroquel, d'Ativan et de Bupropion au bout des doigts. J'estimais que le deal était honnête. Notre poignée de mains concluait l'entente complètement légale.

Je ne lui ai pas parlé de ma consommation d'alcool interférant sans doute avec mes médicaments ni de mes envies parfois de remplir mon estomac de toutes ses pilules. J'ai dit ce qu'il voulait entendre pour éviter les leçons de morale. J'allais me prendre en mains et rebondir puisque tout le monde le disait. Et refaire ma vie, parce qu'on se console de tout! Mais cette douleur représentait la seule chose concrète qui me restait de Sarah. À mon retour chez moi, j'ai pris une autre pilule et mis un peu de musique comme d'autres s'abrutissent dans une routine décevante. Mes membres se sont engourdis. La molécule se libérait dans mon organisme et m'offrait quelques heures vaporeuses empreintes de sérénité illusoire. Je pouvais imaginer combien le rituel du junkie shooté à l'héroïne faisait autant partie du trip que le shoot lui-même. Chaque étape avait son importance et sa place. La procédure me semblait essentielle pour en apprécier le résultat dans une vie dont le décompte ne se faisait plus en secondes, mais en milligrammes.

La voix rauque chantait l'histoire d'un peuple noir dans mon salon. Un étrange fruit se balançait aux branches d'arbres tachées de sang.

4

Lorsque j'ai rencontré Sarah, elle était perdue dans la vie et carburait aux amphétamines. Ce fut un coup de foudre réciproque. J'ai été sa bouée de sauvetage et, elle, l'idéal de vie que je poursuivais. À la mort de son frère un an plus tôt, elle avait entamé une lente dégringolade sous le regard impuissant de ses parents dévastés. Elle tentait de se rattraper aux branches et se brûlait aux lumières de la nuit pour fuir celles du jour, trop vives pour y exposer sa peine. Notre rencontre avait été du mercurochrome sur sa blessure, une couleur vive qui passe avec le temps sans refermer la plaie.

Avant, sa bouche m'embrassait et me souriait. On avait assez de certitudes pour vouloir un enfant. Assez pour vouloir la mer en hiver, en forfait tout inclus. Elle s'endormait agrippée à ma peau rougie au soleil, dormait beaucoup, rêvait les yeux ouverts. Sa bouche goûtait le sel de la mer et pas encore celui des larmes coincées à la commissure des lèvres.

-Vivre sans toi ce serait mourir… Allons voir la mer.

Le soir du 16 février 2015, le pouls de Sarah résonnait dans sa gorge. La lumière de la chambre était éteinte. Assise sur le lit, elle avait compté mes pas dans l'escalier. Quinze ans s'apprêtaient à se dissoudre, à être réduits à un dépôt de vie cristallisé au fond de notre mémoire. Elle vivait ces instants familiers pour la dernière fois et moi je l'ignorais encore.

Elle se sentait comme à l'approche de l'orage, un soir d'été sous la chaleur humide et accablante, quand un silence presque parfait s'installe et que tout semble se figer avant la détonation puissante de la foudre qui s'abat. Elle s'en voulait déjà pour tout ce qu'elle allait déclencher, mais elle ne pouvait plus reculer. C'était le dernier soir d'une vie et le premier d'une autre, mais elle n'avait pas envie de pleurer. Elle avait en tête le mot « déliter ».

- *Je ne t'aime plus. Il n'y a plus rien dans mon cœur. Rien*! Sarah avait mis ses deux mains sur sa poitrine, du côté du cœur, et les avait ensuite refermées, puis serrées pour évoquer le vide.

J'étais resté debout. Mes yeux n'avaient pu se détacher de ses poings fermés. Il m'a semblé voir mon cœur à l'intérieur, écrasé. J'ai pensé que l'on pouvait mourir et rester vivant. J'ai manqué de souffle.

J'ai mis mon manteau, mes bottes, mes gants et je suis sorti dans la nuit. Le sentier en bas de chez moi s'engouffrait dans le bois éclairé par le clair de lune. Les bruits de la forêt étaient ensevelis sous la neige épaisse des derniers jours. Après de longues minutes de marche sur la piste tapée par les pas des promeneurs, j'ai coupé au travers d'une clairière. Je me suis enfoncé dans la neige jusqu'en haut des cuisses et chaque pas m'a demandé un effort important. J'ai avancé, avancé encore jusqu'à ce que je ne puisse plus bouger. J'avais en tête les mots du film français, *jusqu'ici tout va bien, jusqu'ici tout va bien*, tout en voyant l'atterrissage, l'asphalte, la chair qui éclate et la silhouette d'un corps dessiné à la craie. J'ai ignoré les textos de Sarah qui tentait de me joindre, *reviens stp, reviens, il faut dormir*.... En sueur, un goût de sang dans la bouche, mon cœur voulait exploser dans ma poitrine. Pour la première fois depuis des années, j'ai eu envie d'une cigarette, de la fumée épaisse qui écorchait la gorge, du poison dans mes poumons, de la mort. Le lendemain, j'ai acheté un paquet au dépanneur en bas de ma rue, en face de la maison funéraire. *Fumer tue*. Rien n'aurait pu me sembler plus ridicule.

«Vivre sans toi ce serait mourir... ». Tu avais raison Sarah.

5

Pendant des mois, j'ai voulu que mon « nous » continue de vivre, celui avec lequel je m'étais confondu durant 15 ans et auquel j'avais abandonné ma propre identité. Mais Sarah m'envoyait des textos banals, forcément froids puisqu'ils ne parlaient plus de nous, mais d'une triste logistique de parents séparés, d'horaires et de factures à partager. Les mots deviennent des crachats au visage quand ils ne sont pas ceux que l'on veut entendre. J'aurais simplement aimé lire un *nous,* peu importe la suite. J'aurais brodé, mis un peu de ruban tout autour, des mots du quotidien de notre couple, autrefois ordinaires, aujourd'hui précieux, mais définitivement absents.

Quand le docteur Falardeau a introduit les anxiolytiques dans ma vie, j'ai accepté l'idée que le salut passe par la résilience et mon pilulier. Il ne me restait plus qu'à en trouver le chemin et l'énergie pour m'y engager. L'alcool et les médicaments n'étaient pas les meilleurs carburants, et la destination importait plus que le chemin pour m'y rendre.

Le jour où Sarah a déménagé ses meubles de la maison, je suis parti boire dans un bar de la rue Beaubien où d'habitude je prenais un verre après une séance de cinéma. Quinze ans plus tôt, j'y avais amené Sarah le soir de notre rencontre. Revisiter ce lieu où tout avait commencé entre nous n'était pas l'idée du siècle, mais la souffrance est une ogresse qui se nourrit même des clichés. Sarah avait les cheveux courts et du vernis noir sur les ongles. Ses doigts caressaient le verre de Smirnov devant elle.

Moi, je buvais vite pour faire tomber la nervosité. Je l'avais écoutée distraitement me raconter sa vie, hypnotisé par le bleu de ses yeux. Le désir m'avait écrasé dès les premiers instants, dès les premiers mouvements de ses lèvres. Et c'est aussi de l'ombre dans son regard dont j'étais tombé amoureux, un voile fin sur ses émotions.

Après notre premier baiser, elle m'avait proposé d'aller chez elle. J'avais refusé, prétextant que nous n'étions pas pressés. Mais le temps avait couru et nous nous étions essoufflés à vouloir le rattraper.

Lorsque j'ai quitté le bar le soir du déménagement, je me suis assis dans ma voiture et j'y ai dormi quelques heures pour dégriser. À l'entrée du parc juste en face, un type jouait une Gnossienne de Satie sur un piano. Une berceuse pour raccompagner les insomniaques. Le jour commençait à se lever à mon arrivée, et je n'avais pas le courage d'entrer chez moi. Ce que j'allais y voir me ferait mal et j'avais déjà trop abusé du Seroquel. J'ai traversé la maison jusqu'à la chambre en essayant de ne pas regarder autour de moi. Je me suis allongé sur le plancher, là où il y avait eu un lit. La lumière du matin traversait les rideaux. Il ne restait autour de moi que quelques meubles et un tas de vêtements pliés avec soin par Sarah. Le *San Sébastian* d'Egon Schiele qui annonçait son exposition à la galerie Arnot en janvier 1915 était probablement la meilleure représentation que je me faisais de moi-même les jours qui ont suivi le 16 février. Sarah m'avait offert cette reproduction quasi introuvable le jour de mes 30 ans. Elle m'avait regardé déchirer le papier, me débattre avec les rubans, et moi, c'est elle que j'avais contemplée. J'avais trouvé son sourire de satisfaction beaucoup plus beau que l'œuvre elle-même. Y'avait jamais eu moyen de trouver une synchronisation à nos élans. Et avec le temps, le décalage était devenu assez grand pour que les ressentiments s'y installent.

Le martyr transpercé de flèches, protecteur du peuple contre la peste, prenait un autre sens à mes yeux et allait trouver sa place sur ma peau quelques semaines plus tard dans l'arrière-salle d'une boutique de tatouage. Je l'ai décroché et tourné face contre le mur. Tout près de mon visage, j'ai aperçu une fine mèche de ses cheveux sur le sol et j'ai distinctement entendu le bruit des nœuds qu'elle défaisait le soir avec la grosse brosse noire, assise au coin du lit.

6

Je lui ai demandé par texto si elle voulait baiser en ajoutant l'émoticône avec des grands yeux ouverts pour évoquer la stupéfaction, pour atténuer mon audace. Et j'ai rougi comme si je m'étais entendu prononcer les mots. Eugénie m'a répondu de lui laisser mon adresse et la porte débarrée. Accroché au comptoir de la cuisine, j'ai continué de vider la bouteille de rhum brun aux arômes épicés et j'ai écrit des messages à Sarah que j'effaçais aussitôt. Les antipsychotiques arrosés d'alcool agissaient comme des anesthésiants. Je n'aurais pas senti une lame me traverser la cuisse. Mais j'avais envie que le désir reprenne le dessus sur la douleur. J'avais échangé des textos avec elle pendant quelques jours après notre rencontre sur *Tinder,* et ça m'avait suffi à l'inviter sans gants blancs à me rejoindre. Elle semblait vouloir la même chose que moi derrière ses messages brefs et directs. Le fauve en moi, même amoché, sentait la chair fraiche offerte sans efforts.

-L'érection est de bon augure, avait dit le psychiatre lorsque je lui avais évoqué mes désirs réanimés. C'est la lueur au bout du tunnel! D'ailleurs, c'était sur son conseil d'aller vers les autres que j'avais ouvert un compte sur ce site. À sa façon de s'enfoncer confortablement dans son fauteuil, il aurait aimé que je lui livre les détails de mes rencontres avec Eugénie. Je l'avais laissé sur sa faim, sans rien à se mettre sous la dent pour nourrir son imaginaire de boomer sur le déclin.

Sur sa photo un peu floue, on ne voyait que le bas de son visage et ses lèvres entrouvertes. Elle avait choisi *We might be dead by tomorow* de

Soko comme chanson préférée. Après l'avoir écoutée, j'ai switché à droite et le match s'était fait. Quelques mois plus tard, elle m'avait avoué que c'était mes yeux éteints qui l'avaient attirée. Elle y avait vu la certitude que je ne tomberai pas amoureux d'elle. Derrière l'anonymat et un pseudonyme, Génie333 cachait une autre vie à laquelle elle voulait se soustraire. Moi, je courais après la mienne. Quand elle est entrée chez moi, elle a compris exactement ce que j'attendais d'elle et s'est exécutée. Elle a déposé son sac sur le sol, retiré ses bottines, s'est approchée de moi sans dire un mot et s'est agenouillée. Elle m'a pris dans sa bouche de longues minutes en guise de présentation. J'ai fermé les yeux et chassé la honte. La tête me tournait. Nous ne faisions plus souvent l'amour Sarah et moi les dernières années, et, depuis longtemps, elle ne me prenait plus dans sa bouche. Elle m'avait imposé petit à petit les limites de ce qu'elle voulait de moi, et je n'avais jamais su interpréter ce rejet. Moins j'entrais en elle et plus je sortais de sa vie. Sarah m'avait manqué bien avant qu'elle ne parte.

Ce soir-là, j'ai pris Eugénie à genoux sur mon lit pour ne pas voir son visage et réduire cet instant à quelques centimètres carrés de peau. Je ne voulais que le contour de ses fesses et la légère lueur crachée par le lampadaire au travers de la fenêtre se refléter sur le bas de mon ventre. La lumière m'avait refusé la noirceur et imposé en souvenir l'image de ses yeux pétillants de désir! Je n'ai presque pas ressenti l'éjaculation noyée dans l'alcool et les médicaments ni trouvé un peu de réconfort dans la chaleur de son corps. J'ai eu l'impression de me trahir, de cracher sur ma vie. J'ai voulu qu'elle parte, vite, surtout qu'elle ne me touche pas et ne me témoigne aucune tendresse, aucune marque d'affection. Je n'ai pas voulu qu'elle me caresse encore un peu pour réveiller à nouveau mon désir et le besoin d'évacuer par l'extrémité de mon sexe une douleur devenue organique. Mais elle est partie avant même que je lui demande. J'ai repensé à mon grand-père, aux animaux empaillés, à l'apocalypse qui n'existe que dans l'intimité d'une vie, dans la douleur profonde d'une rupture. J'ai pensé à la banalité de mon chagrin, invisible à l'IRM, une sténose sur mon cœur qui en rétrécissait l'accès.

Quand nous baisions tous les deux, j'étais un fantôme, une enveloppe de peau, d'os et de chair. *L'homo erectus* dans sa plus simple expression. Après son départ, j'ai pris deux Ativan avec de la vodka, le chemin le plus court vers un autre blackout, et j'ai mis sa chanson de Soko sur mon Ipod. *Give me all your love now, cause for all we know, we might be dead by tomorrow.*

J'ai en mémoire une myriade de portraits colligés avec méthode dont celui rond et extasié de la préposée au bureau des enregistrements de la SAAQ qui m'avait délivré mes premières plaques d'auto, 23 ans plus tôt. Celui d'un homme qui attendait le métro à côté de moi sur le quai de la station Rosemont en bafouillant des vers d'Émile Nelligan ou encore le regard amusé d'un enfant qui observait un chien courir après l'ombre de son cerf-volant dans le parc Jarry. Et parmi tous ceux-là, celui de mon grand-père, l'œil sombre sous d'épais sourcils, le nez aquilin, la chevelure noire corbeau, placé devant son cercueil le jour de ses funérailles. Une de ces photos anciennes en noir et blanc, avec la signature du photographe en bas. Mais le timbre de sa voix s'était perdu quelque part dans le peu de souvenirs que j'avais gardés de lui.

- Je hais l'idée de lui ressembler autant, avait dit mon père avec colère face aux souvenirs évoqués par le portrait dans son bureau.

Et celui de Sarah bien sûr, un samedi, le premier de notre histoire. Elle portait un tee-shirt orange et des bottes à talons hauts. Un jour, à l'occasion d'un anniversaire de notre rencontre, j'avais posté la première photo de nous sur Facebook où elle portait le même tee-shirt. Le site avait jugé bon de la faire réapparaitre trois mois après notre rupture en me rappelant ce *souvenir* alors que Sarah et moi n'étions plus amis Facebook. Nous n'étions plus rien du tout d'ailleurs, sauf des *ex*, un mot aussi froid que sa signification, deux lettres seulement pour résumer 15 ans de vie commune.

Depuis ma séparation, je fuyais les réseaux sociaux pour ne pas voir des extraits de la nouvelle vie de Sarah où elle se collait contre son nouvel amoureux bibliophile rencontré quelques semaines avant notre séparation sur un forum pour amateurs de livres anciens. Il était belge. Une photo d'elle lui tenant la main sur la Grand-Place à Bruxelles lui servait de photo de profil. La mienne était le San Sebastian d'Egon Schiele qui avait remplacé celle de Sarah et de Lou sur un trottoir pavé du vieux Montréal. Elle m'avait dit avant de partir que nous avions pris des routes différentes, que l'on fait parfois des erreurs de parcours sur nos chemins de vie. J'avais ressenti une forme d'indifférence dans le ton de sa voix, une absence de gravité circonstancielle.

Sur Youporn aussi, une galerie de vidéos s'offrait à moi avec pour chacune une note en pourcentage attribuée par les utilisateurs, et je cliquais toujours sur celle affichant la plus haute, m'en remettant à l'expertise des habitués. Même si les antipsychotiques et la pornographie ne faisaient pas bon ménage, je me masturbais en pensant à Sarah et je jouissais plus fort encore que lorsque nous faisions l'amour.

Une semaine après avoir accepté d'aider mon père à vider la maison, nous sommes venus à bout du rez-de-chaussée encombré par des piles de cartons identifiés au marqueur noir. Le mobilier demeuré figé durant des décennies avait laissé des marques indélébiles sur les murs comme le temps froisse les visages.

Au grenier, des boîtes, des cartons et des malles remisés depuis des lustres débordaient jusque dans les escaliers. Chaque objet déplacé soulevait une poussière fine que l'on recrachait en toussant. L'arthrite avait interdit l'accès au grenier à ma grand-mère depuis longtemps et nos pas sur le plancher laissaient des empreintes sur le tapis de poussière.

Avec l'aide de mon père, j'ai entrepris de tout redescendre au rez-de-chaussée pour en faire le tri sans le désagrément des corpuscules volatiles de laine minérale. Papa ayant hérité de sa mère l'obsession de ne rien jeter, il supervisait avec anxiété mon ménage par le vide. Je devais négocier pour chaque objet, demander l'utilité de chacun et la place qu'il pourrait prendre ou pas dans sa propre maison et ultimement le convaincre d'y renoncer. Mais lorsqu'il cédait à ma pression, c'était la mort dans l'âme et seulement à court d'arguments pour justifier la survie d'un objet. Un peu par hasard, à force de scruter en détail le contenu de chaque boîte à la demande insistante de mon père, j'ai trouvé, dans une vieille commode aux tiroirs vermoulus, une grosse boîte de photos et une enveloppe brune assez épaisse à l'intérieur, cachetée avec de la cire rouge comme on le faisait autrefois pour en sceller le contenu. Elle était datée du 1er septembre 1988. Sans réfléchir, je l'ai cachée à mon père et dissimulée dans le pick-up. Il m'a semblé presque aussitôt qu'elle contenait à elle seule bien plus que toute cette maison ensevelie sous 86 ans d'existence.

À mon retour chez moi, en début de soirée, je l'ai ouverte sur la table de la cuisine tandis que le chat Bali cherchait ma main en bombant le dos sur mes genoux. J'en ai sorti une autre enveloppe de plus petit format où j'ai reconnu l'écriture hésitante de ma grand-mère, celle d'une vieille femme aux articulations meurtries, à la calligraphie sous morphine à laquelle elle m'avait habituée sur mes cartes de fête. Chaque mot déformé et fragile sur ses pieds était à son image. Elle contenait aussi un dossier d'une trentaine de feuilles dactylographiées, quelques photos en noir et blanc, des lettres adressées à mon grand-père et une clé de coffre de banque. Une photo au contour crènelé montrait mon grand-père adossé à une voiture décapotable, un gros cigare vissé au coin des lèvres devant une terrasse de café. Au dos de la photo, il était inscrit : *Moi, juin 1953, Café El Sol.*

Vers 19h30, Lou m'a appelé sur Skype. Elle était assise sur son lit dans sa chambre chez Sarah. Sur le mur au-dessus d'elle, un poster d'Amy Winehouse sur scène, le maquillage dégoulinant, l'œil noyé dans le Bourbon avait remplacé celui du Petit Prince que je lui avais offert pour son anniversaire quelques années plus tôt. Comment lui reprocher d'habiller les murs de sa chambre d'images d'artistes à la vie dissolue, alors qu'elle avait grandi au rythme de la musique de mon iPod où je collectionnais l'œuvre de chanteurs morts dans l'excès. *We only said goodbye with words, I died a hundred times.*

Elle m'a parlé de chalet, de fin de semaine avec son amie Jess, *s'il te plait s'il te plait, ce sera super.* J'ai dit oui sans qu'elle ait besoin d'insister. J'ai fait semblant de sourire. Elle a coupé la conversation en mimant rapidement un baiser envoyé de la main. Son enfance avait foutu le camp tandis que sa mère et moi nous déchirions. Quand elle était plus petite, il m'arrivait de lui dire comme pour m'y préparer, qu'un jour elle ne s'intéresserait plus à moi, emportée par l'adolescence ingrate. C'était ma façon d'anticiper les catastrophes alors que je ne voyais pas les petits bonheurs ni les éléphants dans les corridors de notre couple. Je trouvais plus simple de fermer les yeux sur les évidences douloureuses.

J'ai hésité avant d'ouvrir l'enveloppe déposée devant moi. L'impression de violer une intimité dont je n'étais pas assez proche travaillait ma conscience. Je me suis servi un verre de vin blanc, et avant de la décacheter, j'ai fouillé mes souvenirs pour y trouver mon grand-père, sa main dans la mienne, son rire, la couleur de ses yeux, ou le son de sa voix, *une voix éteinte à la fois douce et lointaine,* selon mon père. Trouver dans mes souvenirs des raisons de l'aimer, lui, l'homme vide de nous. Mais ma mémoire cadenassée par des molécules chimiques pataugeait dans une bouillie d'images et de sons.

Plus tard, Eugénie est venue me rejoindre pour la deuxième fois. Nous avons fait l'amour en nous faisant face sous une lumière tamisée. Assez pour que je vois ses cicatrices. Assez pour entendre jouir dans mon oreille l'ondine apparue sur Tinder.

Mercredi. Tu marchais devant moi les pieds nus sur un tapis d'algues déposé par une nuit de mer houleuse. J'essayais d'avancer dans tes pas et de recouvrir tes empreintes pour te rejoindre avec mon ombre et passer au travers de toi. J'aurais dû te dire de m'attendre pour ne pas courir.

9

La lettre était datée du 15 octobre 2008. Ma grand-mère avait écrit sur une feuille de cahier Canada ce qui ressemblait à une confession. Elle évoquait sa vie auprès de son mari pendant les 35 années de mariage, la naissance des enfants, le quotidien dans l'absence de cet homme fantôme. Les phrases étaient courtes et précises avec juste assez de lettres pour ne pas dépasser. Derrière chaque point, on sentait l'économie de mots, la peur de déranger, la timidité qui empourpre les joues même dans l'intimité rassurante d'une chambre close. Elle s'excusait pour ce qu'elle laissait derrière elle, dans le contenu de cette enveloppe. Elle avait découvert le rapport et les lettres quelques jours après la mort de son mari alors qu'elle était plongée dans les pénibles procédures administratives des funérailles. Des mots l'avaient effrayée et elle avait eu peur de ce qu'elle aurait pu découvrir. On y parlait de mort, d'accident, de procès. Mais il y avait aussi ces poèmes qui n'étaient pas de sa main. Elle n'avait jamais su qui les avait écrits ni quand et elle avait préféré vivre avec le doute plutôt que de découvrir une vérité blessante qui aurait mis fin à ses illusions sur l'amour. En les lisant, j'ai découvert des mots où les lettres forment une musique. Peut-être s'était-elle sentie insignifiante face à la beauté de ces phrases adressées à son mari, un homme qu'elle avait aimé, mais qui lui avait échappé malgré le mariage, les enfants et le confort du foyer? Il lui avait offert une sécurité entre quatre murs qu'il avait désertés, mais il lui avait fermé l'accès à son cœur et ses recoins. Elle avait refermé le dossier sur un secret qui aurait pu expliquer le comportement de son mari. Par faiblesse, elle le reconnaissait, elle n'avait pas voulu entacher davantage son souvenir. *Les sentiments sont comme nos corps, ils s'usent et disparaissent. Inutile d'accélérer le processus. Pardonnez-moi.* Alors, elle avait choisi le silence, l'acceptation d'une vie de mensonges, de sourires de cinéma qui disparaissent une fois les lumières éteintes.

L'enveloppe de ma grand-mère était sur la table du salon devant moi, la clé posée dessus. J'ai décidé de ne pas en parler à mon père et, les jours suivants, j'ai voulu renouer des liens avec mon grand-père dont j'avais oublié le son de la voix.

Pendant plusieurs années, j'avais refusé de voir l'éloignement progressif de Sarah, son visage pourtant si souvent fermé à mon regard, tout comme ma grand-mère avait préféré ignorer un pan de vie de son mari par crainte de ce qu'il contenait. Elle avait enfermé dans une enveloppe tout ce qu'elle ne voulait pas savoir, tout ce qui l'effrayait, et moi, j'avais enterré tout ce que je ne voulais pas disséquer de peur de ce que j'aurais pu trouver. Dans les deux cas, nous n'avions pas échappé au pire.

Je me suis rendu à Montréal à l'adresse laissée par ma grand-mère à la fin de sa lettre. La succursale de la banque Nationale était située au coin de Metcalfe et de René-Lévesque, au quatrième étage d'un bâtiment imposant avec une vue imprenable sur le parc et la statue du cheval cabré. J'avais pris rendez-vous la veille pour ouvrir le coffre dont ma grand-mère était la seule mandataire désignée par mon grand-père à son décès. Elle en avait renouvelé le bail à plusieurs reprises sans jamais l'ouvrir.

Elle avait joint à sa lettre les coordonnées de la banque en précisant que le directeur était le fils d'un ami de longue date de mon grand-père dont elle avait appris l'existence le jour où elle était venue dans la succursale pour la première fois. Elle l'avait convaincu de laisser l'un de ses enfants ou petits-enfants venir prendre possession de son contenu à sa mort sans avoir à passer devant un notaire au préalable. Elle avait nommé son fils Jean ainsi que ses enfants, c'est-à-dire ma sœur et moi-même, comme uniques mandataires. Ma grand-mère se doutait déjà avant son décès que le déménagement et la gestion de ses affaires personnelles seraient confiés à mon père, le fils dont elle était géographiquement le plus proche. C'est donc le directeur de la banque, Georges Stillman, qui m'a accueilli cette après-midi-là dans son bureau luxueux où nous avons discuté quelques minutes. Nous ne nous connaissions pas, mais mon grand-père et son père avaient été amis. Il a évoqué quelques souvenirs de l'amitié entre les deux hommes au début des années 50, avant que mon grand-père n'exerce comme représentant de produits pharmaceutiques à travers le Canada.

- Vous comprendrez que la discrétion est de mise. L'ouverture du coffre aurait dû se faire, selon la loi, à la suite d'un acte notarié après ouverture de testament.

Je l'ai remercié pour cette attention et j'ai dit :

- De toute façon, il doit s'agir de documents et d'affaires personnelles sans importance. Je ne sais pas pourquoi ma grand-mère a renouvelé le bail sans jamais prendre connaissance du contenu…

Georges Stillman m'a informé que le coffre avait été ouvert au début des années 80 par mon grand-père et qu'il n'était jamais revenu par la suite. Puis, il m'a dirigé vers la salle des coffres. Avec sa clé de contrôle, il m'y a donné accès avant de me laisser seul. À l'intérieur du coffre 009 se trouvait une boîte de cigares cubains *Habanos*. Je l'ai sortie du tiroir et je l'ai déposée sur la table au centre de la salle. J'en ai sorti une pochette contenant de vieilles photos. Je les ai regardées rapidement une à une, les faisant glisser entre mes doigts, puis je les ai replacées dans leur boîte et je suis parti.

Je suis rentré chez moi en fin d'après-midi dans la lenteur de l'autoroute métropolitaine encombrée par les travaux. Les viaducs et les ponts tombaient sous l'assaut des pelles mécaniques, livrant au regard des automobilistes excédés des amas de béton et de ferraille pareils à des charognes gisant sur le bord de la route.

J'ai réuni tous les papiers, la lettre de ma grand-mère, la boîte de cigares, les photos, les lettres et le dossier et j'ai disposé le tout sur la table de la cuisine comme on étale pêle-mêle les morceaux d'un casse-tête avant d'en entreprendre la reconstitution. Tout cela composait forcément une histoire dans laquelle je n'avais pas demandé de jouer un quelconque rôle. J'ai eu envie de tout balancer dans le container devant la maison de ma grand-mère, de mettre le point final à une histoire dont je ne connaissais même pas le début. Et je lui en ai voulu de me l'imposer en fuyant ses responsabilités d'épouse. J'ai ouvert une bière que j'ai bue d'un trait, puis une deuxième presque aussi vite et je me suis assis à la table, légèrement engourdi. Une cigarette aux lèvres, j'ai regardé les photos un long moment. Elles racontaient une histoire inscrite quelque part dans une réalité qui voulait établir un contact avec la mienne. Je me suis senti très fatigué comme c'était souvent le cas depuis le départ de Sarah et ma dépression. La fumée de ma cigarette montait le long de mes joues et me brûlait les yeux. Ça faisait couler des larmes dans ma barbe naissante. Un des poèmes disait : « ... *j'ai au cœur une blessure hémophile...* ». Un autre parlait « *d'une absence dont jamais on se console* ». Qui avait aimé Rémy d'une façon dont la seule impudeur en évoquait l'intensité? Je n'avais pas vraiment envie de chercher. De toute façon, je ne savais pas chercher par peur probablement de trouver. Quand j'étais enfant, je brûlais d'impatience d'ouvrir mes cadeaux à l'approche de Noël, mais je ne me résignais jamais à suivre ma sœur dans ses investigations de peur de découvrir avant l'heure ce qui m'attendrait sous le sapin. Je craignais de ne pas savoir feindre l'étonnement et de priver mes parents de la magie qui en découlait.

Vers 18h, la nuit était déjà tombée. Lou m'a Skypé pour me souhaiter bonne nuit. Elle était assise à la table de la cuisine chez Sarah. Derrière elle, sur la porte du frigo à côté d'un calendrier maintenu par un aimant en forme d'hippocampe, j'ai aperçu une photo de sa mère au cou d'un autre homme. Elle souriait. Elle était heureuse. Je n'entendais plus ce que me disait Lou. Je ne voyais que le cliché, et par ricochet, la vie qui m'avait été volée. Lou s'est aperçue que je regardais au travers d'elle et elle m'a demandé ce que j'avais encore, que si c'était comme ça elle ne m'appellerait plus.

-Papa, tu m'écoutes?

J'ai espéré voir la silhouette de Sarah traverser l'écran, reconnaitre sa démarche, entrevoir un pantalon que je connaissais, un bracelet à son poignet offert pour un anniversaire. Mais elle me fuyait depuis longtemps. J'ai mis ma main sur l'image en médaillon que la caméra me renvoyait de moi. Lou m'a jeté un regard noir, celui d'une adolescente qui avait besoin de son père sans savoir comment lui exprimer ses peurs et sa tristesse, et puis elle a raccroché. Ça m'a fait un mal de chien. Lou ne savait pas encore que l'on ne guérît pas de tout.

Une des photos trouvées dans le coffre montrait une rue aux maisons multicolores et, au loin, un front de mer et des palmiers. Au dos, il était écrit : *Cuba, maison de Ricardo Suarez.*

10

Quand Sarah est partie, je suis tombé d'un immeuble dont chaque étage représentait une année de notre vie commune. En touchant le sol de cette nouvelle réalité, mon cœur a implosé sous la force de l'impact. Chaque jour, j'en ai craché des filaments, comme l'illusionniste déroule de sa bouche un ruban sans fin. Tout le monde me disait qu'un jour je verrais le bout du rouleau. Même Sarah dont les mots m'avaient précipité dans le vide.

-*Un jour tu aimeras quelqu'un d'autre,* disaient-ils en cœur.

-Ils ont raison, avait surenchéri Eugénie, tu te surprendras un jour à dire je t'aime à nouveau.

Il m'a fallu plusieurs mois avant de décrocher les photos des murs, de les enlever des étagères et de les ranger dans un coffre en bois avant que l'on m'en fasse la remarque en me disant avec délicatesse qu'il était peut-être temps que je passe à autre chose. J'y ai déposé soigneusement son verre préféré, un petit éléphant en métal tout articulé, un foulard, une chemise et un pantalon gris qui lui faisait de belles fesses. J'ai bu beaucoup de vin et en voulant descendre le coffre au sous-sol, j'ai raté une marche dans les escaliers. Ma tête a frappé le mur, et le coffre m'est tombé dessus avant d'aller se fracasser sur le plancher, dix marches plus bas. Du sang a coulé de ma pommette, et je me suis évanoui.

En me voyant le lendemain, Lou a cru que je l'avais fait exprès.

-C'est pas possible, décidemment t'en rates pas une! Avec cette tête cassée tu as vraiment l'air d'une loque!

On n'est pas très empathique quand on a 13 ans et pas mal de rancune envers ses parents. On avait cassé quelque chose, et il fallait en payer le prix fort. Je n'ai rien répondu à ses commentaires au vitriol. Dans ses yeux, les yeux de sa mère, j'ai revu Sarah le soir du 16 février, les mains fermées sur sa poitrine, me projeter vers un horizon aux confins de notre territoire commun. *Il n'y a plus rien dans mon cœur...* Elle avait vieilli si vite, la môme, par notre faute. J'ai voulu m'approcher d'elle et la prendre dans mes bras, comme autrefois, quand elle collait son nez dans mon cou. Mais elle a reculé et posé son doigt sur la plaie en appuyant dessus jusqu'à me faire grimacer.

-Tu me fais tellement pitié, papa! Va te faire recoudre au moins, sinon ça ne cicatrisera pas…

Ses mots avaient plus pénétré ma chair, plus froissé mes côtes, plus frappé mes os, plus écorché ma peau que les marches de l'escalier et les arêtes du coffre dans ma chute. Et puis, elle s'est enfermée dans sa chambre avec la musique à fond pour repousser toute tentative de rapprochement de ma part. Une voix androgyne chantait tout bas dans ma tête des caresses disparues, un grand mirage transpercé de flèches et de hallebardes.

Lundi. La première nuit passée ensemble, sans qu'on se le dise, nos corps nous demandaient déjà de ne plus se quitter. Avant même que nos cœurs ne s'attachent, avant que les mots d'amour ne s'échangent, nos corps s'étaient reconnus. Tes yeux, tes mains, ton ventre m'avaient dit « je t'aime » bien avant ta bouche. *Plus que le cœur, la peau était l'organe de notre amour. As-tu déjà eu comme moi l'impression que nous nous connaissions bien avant notre première rencontre?*

11

Au fil de nos rencontres, Eugénie a occupé une place inattendue dans mon quotidien. Elle s'est intercalée entre le vide et la peine dans un espace étroit délimité selon ses règles.

- Si tu ne poses pas de question Jules, on va finir par devenir amis! Elle a terminé sa vodka canneberge en fermant les yeux et passé sa langue sur ses lèvres avant d'en déposer le résidu dans ma bouche par un baiser.

- Des amis qui se promettent de ne pas s'intéresser à la vie de l'autre! C'est spécial, non?

Eugénie a souri.

-De toute façon, les amis ne s'embrassent pas sur la bouche et couchent encore moins ensemble. Alors, tout ça c'est de la bullshit et ça me va très bien si nous n'en sommes pas.

Elle s'est approchée de moi et a passé sa main dans mon dos, puis sur mes fesses pour m'attirer à elle.

- On n'a pas assez de temps ensemble pour le perdre en bavardages, tu crois pas?

Plus tard, elle s'est enroulée dans les draps et m'a demandé de l'embrasser une dernière fois avant de partir. Je lui ai dit que le chagrin d'amour était un cancer, *une tumeur métastasique!*

-Tu crois que l'on peut toujours se relever, peu importe le coup qu'on reçoit?

Elle a eu la délicatesse de ne rien répondre et de ne pas parler du temps qui guérit tout, de ce genre de connerie que je ne voulais pas entendre.

Nos solitudes se superposaient trop pour ne pas s'attirer sans raviver l'autre. Malgré l'entente du début à laquelle on ne devait pas déroger, j'avais envie de connaître sa vie et elle de me sortir de la mienne.

-Pourquoi l'aimes-tu encore? Eugénie était collée contre moi et je sentais son souffle dans mon cou.

-Tu es sûr que ce n'est pas le passé que tu aimes, ce que vous étiez, des images, des odeurs, des souvenirs? Elle s'est redressée et elle a attaché ses cheveux avec un élastique autour de son poignet. Ses courbes étaient comme elle, fugitives. Je suis resté allongé sur le lit, attaché à sa taille, le visage posé sur le bas de son ventre. Sa peau était chaude, encore moite de s'être longuement collée à la mienne. Cette rencontre était la nacre sur nos vies rugueuses, une douceur irisée et éphémère.

-Tu aimes celle qui t'a donné Lou, mais tu ne peux plus aimer cette femme qui est partie sans ressentir le vide de ta perte. Eugénie s'est retournée vers moi, puis s'est excusée pour sa franchise.

-C'était déplacé, pardon. Je n'ai pas à te dire ça. Elle a posé son doigt sur ma cicatrice et remonté doucement de ma pommette à la pointe de mon sourcil en comptant jusqu'à huit pour chaque point de suture.

-Tu ne t'es pas manqué! Ça te donne un air de voyou.

Elle m'a embrassé en mordillant ma lèvre inférieure, et sa langue a cherché la mienne guidée par le désir renouvelé qui remontait de son sexe à son ventre.

-Rien ne dure, Jules. Même pas les « pour toujours ». Y'a une date d'échéance à tout.

51

-Et toi alors, qu'est-ce que tu fais là avec moi dans ce lit? Qu'est-ce que je t'apporte à toi?

Je n'ai pas vu l'expression sur son visage dans l'obscurité de la chambre, mais je l'ai devinée aux mots qu'elle n'arrivait pas à libérer.

-Je m'accroche à toi pour ne pas le quitter lui, pour me convaincre de ne pas lui faire cette peine que tu as dans le regard.

Elle s'est encore rapprochée de moi et elle a murmuré :

-J'ai envie de te sentir en moi...que tu me prennes encore.

Je n'ai pas parlé d'elle au docteur Falardeau ni à personne d'ailleurs. Il aurait acquiescé à chacune de mes phrases avant même que l'information principale ne lui soit donnée. Parce qu'il devinait ce que j'allais dire en sachant déjà ce qu'il allait répondre. Il devançait mes propos et, du coup, en minimisait la portée. Et lui, je crois, prenait plaisir à contrôler la conversation, l'amenant là où il le voulait, se fichant finalement de mes états d'âme et de la raison de ma présence dans son bureau. Il prenait plaisir, le dernier peut-être que lui offrait sa profession, à contrôler les questions et les réponses d'un entretien sans surprise ni défi, vécu des milliers de fois. Le dosage, les molécules et les neurotransmetteurs l'interpellaient davantage que les états d'âmes de ses patients. Il voulait contrôler mes symptômes, pas entendre mon histoire rabâchée dans des centaines de versions différentes au cours des années. Il lui semblait tellement plus facile de traiter un corps, tellement plus rassurant de réduire la douleur selon une approche clinique! Le reste était bon pour les psychologues et si cela pouvait m'aider, alors il m'encourageait à consulter, ça ne pouvait pas me faire de mal.

-Avez-vous encore des envies de mettre fin à vos jours? Il avait posé la question froidement, sans même me regarder dans les yeux, le crayon traçant des mots illisibles sur le dos d'une feuille recyclée.

-Je suis père de famille, vous savez. Et puis j'ai le Seroquel...

Il n'a pas insisté. Ma détresse ne l'intéressait pas et il s'est contenté de cette réponse calculée, pas totalement dupe de mes esquives. Peut-être avait-il senti que je n'aurais jamais porté de geste fatal sur ma personne? La question était posée selon un protocole ayant fait ses preuves. Les chiffres révélés par les études des dernières décennies parlaient d'eux-mêmes : le taux de suicide chez les hommes dans ma situation sans pathologie mentale avérée était négligeable. Son expérience lui permettait de ne pas se tromper souvent, sans investiguer davantage. Il en était assez fier d'ailleurs, et cela lui confirmait combien il avait toujours été un excellent psychiatre, n'en déplaise à la relève du CLSC qui le prenait pour un dinosaure. J'allais moi aussi trouver une place dans l'imposante filière grise derrière lui où une multitude de souffrances diluées étaient enfermées. Un seul coup d'œil à sa Bible, l'imposante DSM posée sur son bureau, lui permettait de ne pas douter de son diagnostic.

-Et puis mangez bien, hein! C'est important. Et faites du sport, ça aussi ça va vous fouetter un peu. Allez, on se voit dans deux semaines monsieur Vialens.

Falardeau voulait mettre fin à ma thérapie jugeant que je n'avais plus besoin de lui et qu'il fallait laisser les médicaments finir le travail. Un retour à ma vie sociale et professionnelle me serait bénéfique. Il souhaitait diminuer les antidépresseurs mais, moi, je considérais que la job n'était pas terminée. Il n'était pas supposé donner des réponses à toutes mes questions, m'offrir la paix grâce à sa thérapie? Il était une voix parmi la chorale qui me chantait à l'unisson que j'allais finir par aller mieux, c'était certain, et qui me demandait pourquoi je l'aimais encore. Mais dans cette cacophonie, ils ne comprenaient pas que je m'accrochais à elle et à notre passé pour avoir la deuxième chance que l'on a jamais de réécrire l'histoire et de rattraper l'horizon qui fuit toujours. Comme tout le monde je cherchais à comprendre ce qui ne s'explique pas. J'étais à la recherche de ma foi, de ma propre religion. Il me fallait un dieu.

Il a mis fin à la séance en refermant mon dossier et m'a indiqué la porte avec la main en me raccompagnant jusqu'à la salle d'attente. Du bout des lèvres, il a marmonné un *bonne journée* un peu forcé, le regard posé sur le patient suivant qui lui emboitait le pas, les épaules voûtées, les yeux exorbités, une douleur si familière sous le paletot.

De toute évidence, lui parler d'Eugénie et de mon grand-père n'aurait rien changé à son analyse. Il n'aurait pu que minimiser l'impact de ces deux êtres dans ma vie en les encadrant de phrases médicales. Je voulais qu'ils existent l'un et l'autre, que leurs vies se juxtaposent à la mienne et échappent à ma peine. Je voulais qu'ils m'apportent les réponses aux questions que le départ de Sarah avait laissées. Si la souffrance était universelle, alors la mienne pouvait s'y diluer.

12

Le dossier contenu dans l'enveloppe trouvée chez ma grand-mère était daté du mois de juillet 1953. Il s'agissait d'un rapport de police rédigé en espagnol et traduit en anglais. Il relatait un accident d'automobile ayant eu lieu dans la ville côtière de Matanzas à Cuba le 2 juillet 1953 dans lequel mon grand-père avait été impliqué. Miguel Carreras, l'agent de police qui avait rédigé le rapport, décrivait un accident ayant eu lieu sur la rue Las palmas, le long de la baie de Matanzas et rapportait le détail des faits.

Non loin d'un café de quartier, une Chevrolet Bel air 210 convertible était immobilisée en travers de la route. Le capot du puissant bolide était enfoncé. De la fumée s'échappait du radiateur perforé par l'impact et dégageait une odeur de plastique brûlé. L'incendie du véhicule avait été évité de justesse. Un homme assis sur le siège du conducteur se tenait la tête entre les deux mains. Autour de lui, des passants murmuraient, choqués par la scène qui venait de se dérouler sous leurs yeux. Les touristes américains ayant investi la région pour faire de cet endroit paradisiaque leur lieu de villégiature préféré s'ajoutaient à l'attroupement. L'un d'eux filmait la scène avec une caméra qu'il actionnait en tournant lentement une petite manivelle tandis que des témoins incrédules commentaient la tragédie.

La Chevrolet rouge roulait à vive allure quand elle a soudainement dévié de sa trajectoire et percuté de plein fouet une charrette tirée par un cheval et conduite par un homme âgé d'une trentaine d'années. Le vieux canasson gris agonisait en silence. De l'air sortait de plus en plus rarement de ses naseaux et soulevait un peu de poussière qui venait se coller sur son museau ensanglanté. Le pare-choc de la Chevrolet lui avait perforé la panse, et une partie de ses intestins s'était répandue sur le sol. Éjecté sous la force de l'impact, le conducteur avait percuté une des bornes de ciment au bord la route. Il était mort sur le coup, le visage posé sur la chaussée brulante.

John Matthews, un industriel de la région de Miami en vacances avec sa famille sur les bords de la baie, avait proposé de remettre son film à la police en vue de l'enquête. Et ce qui avait probablement le plus ému l'agent Carrerras, c'est le visage de l'enfant témoin de l'accident. Les joues sales, le ventre nu et rebondi, il était planté sur ses pieds et ouvrait des yeux ronds. Il n'avait personne pour lui prendre la main et l'amener loin de cette odeur de sang qui le marquerait pour le reste de sa vie. Il ne le savait pas encore, mais l'image de cet accident de juillet 1953 resterait gravée dans sa mémoire et l'accompagnerait toutes les nuits d'insomnie de sa vie laborieuse et précaire de coupeur de canne à sucre.

Le rapport compilait ensuite les témoignages recueillis sur les lieux de l'accident. Tous décrivaient une Chevrolet décapotable roulant un peu trop vite, l'embardée d'une charrette tirée par un cheval et la collision. Javier Garcia, un artisan tonnelier de 32 ans et père de famille, conduisait l'attelage. Son décès avait été constaté par les secours dès leur arrivée sur les lieux, vers 15h. Puis suivait une description détaillée des blessures de la victime, une litanie morbide de termes médicaux. Le conducteur de la voiture répondait au nom de Rémy Vialens, un citoyen canadien de 25 ans en vacances à Cuba, mon grand-père. La raison de la perte de contrôle du véhicule ayant occasionné l'accident n'avait pas été déterminée. Il s'agissait d'un homicide involontaire, d'un tragique accident.

S'ajoutait au rapport de police celui d'un bureau d'avocats de Toronto dans lequel il était question d'honoraires assez conséquents pour les services d'un avocat envoyé sur les lieux pour assurer la défense de mon grand-père lors des procédures d'enquête. Une liste exhaustive des frais rattachés à l'affaire y était jointe, dont, des factures d'hôtel, les honoraires, des appels téléphoniques et d'autres dépenses. Le tout s'élevait à plus de 1000$, un montant considérable à l'époque. À plusieurs reprises, le nom de Ricardo Suarez était mentionné. Selon les informations inscrites sur le rapport, il s'agissait de l'hôte de mon grand-père lors de son séjour sur l'île, l'homme dont le nom était inscrit sur la photo du coffret de la banque.

J'ai repoussé le dossier sur la table devant moi et j'ai lâché un grand soupir. Toute cette histoire, somme toute tragique, était finalement banale. Un accident de la route avait causé la mort d'un homme il y a plus de 60 ans. Et mon grand-père était le conducteur de la voiture qui avait quitté sa trajectoire. Le rapport de police le disait clairement, il s'agissait d'un homicide involontaire. Ma grand-mère avait-elle eu peur de ne pas lui trouver d'excuse, de ne pas lui pardonner cette vie où elle n'existait pas encore? Cette affaire aurait-elle été trop lourde à porter si elle s'était ajoutée aux absences et aux silences d'un homme qu'elle avait aimé malgré tout? Lucienne Vialens avait été une épouse exemplaire, une mère aimante entièrement dédiée à ses enfants, mais aussi une femme se contentant de bonheurs simples, mal à l'aise avec les sentiments et maladroite dans leur manifestation. Elle aimait ce qui était lisse et sans aspérités, les personnes stables et le premier degré. Son éducation lui avait inculqué une foi chrétienne inébranlable, et elle avait fui toute sa vie le tumulte, la mélancolie et tout ce qui l'aurait poussée à remettre en cause les fondations d'une existence rectiligne. Jamais personne n'avait nourri de sentiment négatif à son égard, mais elle n'avait pas non plus suscité de passion et d'admiration. Elle avait été une femme digne et honnête qui n'avait mordu aucun bas-côté de l'existence, toujours en contrôle, dont les humeurs et les élans du cœur avaient suivi le tracé du plus régulier des électrocardiogrammes. Rémy avait-il eu peur de dérègler cette mécanique dont il se sentait probablement étranger par des aveux sur la noirceur de son passé?

Même si les tenants de cette histoire m'apparaissaient aussi fragiles qu'une coquille de noix sur l'océan, j'ai ressenti la nécessité de m'y agripper. Quand j'avais évoqué la métaphore à Eugénie lors d'une conversation post coïtale, elle m'avait dit que je me trompais, car les plus grands bateaux se fracassent sur les océans déchainés alors que la minuscule coquille de noix, elle, n'offre pas assez de points de rupture. Elle serait là encore après la tempête. Et mon grand-père avait suscité assez d'amour pour qu'on lui dédie des poèmes et qu'ils aient assez de valeur à ses yeux pour les garder précieusement. Depuis son retour inattendu dans ma vie, je me retrouvais dans les aspects les plus sombres de sa personnalité, ceux-là mêmes qui avaient tant fait souffrir sa famille. Ceux-là mêmes qui avaient peut-être fait fuir Sarah de ma vie. Pour la première fois depuis son départ, je trouvais une raison d'avancer dans les mots d'amour écrits pour Rémy. Si j'en avais eu le talent, je les aurais moi aussi dédiés à la femme que je n'avais pas su retenir. Peut-être y aurait-elle accroché ses sentiments pour qu'ils ne s'envolent pas.

13

-Tu ne crois pas que nous nous rapprochons un peu trop tous les deux?

On se voit de plus en plus souvent, non?

Lorsque j'avais trop bu, je cédais à mes instincts primaires, aussitôt honteux de ce retour à ma condition d'homme sexué et j'invitais Eugénie à me rejoindre dès qu'elle le pouvait. Notre relation était née d'une volonté commune de ne s'attacher qu'à notre désir. On buvait ensemble et l'on faisait l'amour, moi pour oublier et elle pour se souvenir d'exister. Je lui parlais de Sarah et de mon carnet bleu, le fil ténu nous reliant encore, et elle écoutait la tête appuyée sur ma poitrine.

J'ai commencé à lui raconter l'histoire de mon grand-père au fur et à mesure qu'elle se dévoilait à moi. Je lui racontais ma préhistoire à travers la vie de Rémy Vialens pour enfin trouver un sens au futur sans Sarah qui se dessinait devant moi. J'utilisais des mots durs pour parler de lui inspirés par son visage fermé sur le petit garçon que j'avais été. Mais je ne lui disais rien sur les autres qui remontaient en moi, plus souples, mais pas assez formés encore pour qu'ils s'associent à son souvenir. Avant de considérer unanimement une personne comme extraordinaire, il fallait bien qu'il y en ait eu une première pour en convenir et le clamer.

J'étais enfant lorsqu'il est mort. J'en ai gardé le souvenir d'un homme effacé et absent, un grand-père médiocre, détaché de ses liens familiaux. Il avait préféré son travail à sa propre famille, la solitude de la route aux responsabilités de père et d'époux. Mon père m'avait raconté un jour le seul souvenir de son père jouant avec lui, une après-midi de juillet de ses 9 ans, sur une plage du lac Ontario. Il se souvenait avec précision des jeux dans l'eau avec lui et ses frères et sœurs. Il se souvenait des éclats de rires et du goût de la crème glacée, des coquillages et d'un château de sable. Puis, il était parti, trop vite comme toujours, le lendemain du début des vacances à bord de sa Mercedes, laissant sa famille seule dans la maison louée pour le mois. Toute sa vie, il avait fait de brèves apparitions pour exercer son autorité et acheter une impression de contrôle sur une famille dont il n'avait jamais vraiment fait partie. Papa ne lui avait pas pardonné cette indifférence et lorsqu'il parlait de son père, c'était avec parcimonie et pudeur, blessé de n'en savoir qu'assez peu sur lui.

Il disait n'avoir aucune raison de l'aimer. S'il n'était pas son père, il l'aurait déjà oublié. Il n'avait rien fait pour être aimé, il ne l'avait pas mérité.

Papa le revoyait dans son costume austère, les rayures de sa cravate, ses Weston usées, sa sacoche de cuir au bout du bras, les cheveux gominés avec la raie sur le côté et l'odeur du tabac brun de ses cigarettes. Un œil toujours sur sa montre et l'autre dans ses dossiers sur son bureau, ses brèves présences annonçaient ses départs. Il semblait toujours sur le point de partir pour ne jamais revenir, les mots de rupture au bout des lèvres retenus de justesse jusqu'à la prochaine fois quand il en aurait enfin le courage. Peut-être les avait-il quittés des centaines de fois toutes ces années où il avait parcouru le pays en exil dans sa voiture? Lorsqu'il pensait à eux, c'était sur le seuil d'une porte qu'il franchissait sans se retourner. Sarah avait-elle souvent imaginé, comme Rémy, une autre vie que celle que je lui proposais? S'était-elle sentie étrangère à moi, trop en tout cas pour me livrer des secrets ou des blessures et trouver un réconfort dans mon écoute? J'ai si souvent eu l'impression d'être la copie un peu trop pâle de ce qu'elle recherchait.

- Qu'est-ce que tu veux Jules? Qu'est-ce que tu t'imagines? Que c'était un homme bien? Ça te semble si difficile à concevoir qu'il nous ait fait souffrir par égoïsme, incapable de voir le mal qu'il faisait. Il n'avait aucune excuse.

Papa aurait aimé être moins dur à propos de son père et se nourrir encore d'illusions à son sujet. Et je crois que j'aurais voulu lui redonner espoir en un amour qui lui avait tant fait défaut.

14

Il n'a pas été facile de reconstituer la vie de Rémy sans avoir l'air d'enquêter. Le déménagement m'a servi d'excuse pour mettre le nez dans les photos, les lettres et tout ce qui pouvait me permettre de retracer une vie dont je ne savais à peu près rien. Fouiller des souvenirs pour en mettre au jour des artéfacts qui le racontaient est devenu rapidement un élément de mon quotidien essentiel à l'équilibre encore fragile. J'ai pensé que retracer sa vie, la refaire, pouvait être le point de départ pour reconstruire la mienne.

Si ma grand-mère avait accumulé une montagne d'objets, mon grand-père n'avait, quant à lui, presque rien conservé. Ça se résumait à quelques costumes, des lettres, des photos en noir et blanc, et une collection de cartes routières.

Passionné de photographie, il trainait partout son appareil et photographiait des maisons, des chemins cahoteux à travers des campagnes isolées, des champs de blé, des rivières dont on pouvait deviner le murmure, des façades d'immeubles, des villes depuis le sommet de tours commerciales et des boulevards où se dessinait la lente transformation d'une société nord-américaine depuis les années 50 jusqu'à son décès en 1988. Chaque photo était identifiée et datée. Il en avait classé une grande quantité dans une filière de son bureau, et cela évoquait un travail d'archives méticuleux destiné à une étude plutôt que la préservation de la mémoire familiale. Rémy disait avec les images ce que d'autres racontent avec des mots dans un journal. Il y en avait une pour chaque jour et, mises bout à bout, elles pouvaient constituer le film de son existence. Comme il n'apparaissait sur aucune photo, j'avais l'impression de pouvoir plonger dans sa vie, de la vivre à sa place, d'être celui qui aurait pu marcher dans ses rues, sourires à des personnes, nager dans ses lacs, poser devant des édifices, des églises, des monuments, ouvrir un cadeau d'anniversaire, souffler sur des bougies...

Parfois, on apercevait son ombre sur un trottoir de la rue Sainte-Catherine ou sur le mur d'une maison de Québec grignoté par la vigne vierge; une silhouette anonyme sans surface ni profondeur. Parfois encore, son reflet apparaissait par accident dans la vitrine d'un magasin de chapeaux à Toronto comme sur la photo trouvée dans le coffre.

Sur chacune d'elles, il avait inscrit quelques mots, soucieux peut-être de se souvenir plus tard de ces instants capturés : *Hotel Riviera, Mont-Laurier, mars 1953. Plage sauvage, novembre 1959, Sandy Bay, Manitoba. Lac Nipissing, North Bay, mai 1969, Ontario. Orage imminent, août 1971, New York. Motel Bel air, septembre 1981, Québec.* Parfois y figuraient des individus croqués sur le vif, inconnus ou familiers, amis ou anonymes, désormais impossibles à identifier: *Enfant au ballon, mai 1984, parc Molson, Montréal. Vendeur d'automobiles, janvier 1956, Sallaberry de Valleyfield. Jeune maman et ses jumeaux, avril 1977, boulevard Saint-Laurent, Montréal...* Rémy Vialens avait pris toutes ces photos sur la route où il avait été à la fois spectateur et figurant, à peine une ombre, à peine un œil derrière un objectif témoin de la vie des autres et invisible dans la sienne. Aucune ne parlait concrètement de lui. Il s'agissait de fragments d'histoires, d'une constellation d'instants figés, froids et glacés comme le papier sur lequel ils étaient imprimés. Trente ans après sa mort, ses photos et les poèmes anonymes ne formaient plus que l'écume de sa propre vie, la synthèse qu'il avait bien voulu laisser derrière lui. Ce qu'il avait légué était une voix cherchant son écho à travers le temps.

Sa mort n'avait laissé personne d'inconsolable, pas même sa femme dont le bonheur avait été plus accompli après une période raisonnable de veuvage. En soi, ce constat était d'une tristesse infinie. En le découvrant à travers ces photos, j'ai eu l'impression très étrange qu'il avait tout fait pour effacer ses traces derrière lui, s'excusant presque de s'être trompé de vie comme on s'excuse d'avoir frappé à la mauvaise porte.

Les plus anciennes remontaient à l'automne 1950, quelques jours après l'achat de son Minolta memo 35mn, juste avant son départ pour la Corée où il s'était porté volontaire dans l'armée canadienne. Il ne maîtrisait pas encore parfaitement le mécanisme de l'appareil ni les rudiments de la photographie et la surexposition accentuait le mystère de certains clichés. On y voyait des hommes en uniforme, des bases militaires et des paysages montagneux et accidentés dans la région de Gapyeong. Sous les drapeaux du Princess Patricia's Canadian Light Infantry, le printemps suivant, des soldats formaient une colonne qui s'éloignait de son objectif sur le même chemin que le sien.

Mon père m'avait déjà évoqué le passé militaire de mon grand-père et sa participation à la guerre de Corée. Ce statut de vétéran faisait sa fierté alors que ce père lui en avait si peu donné l'occasion. Il avait conservé précieusement dans un écrin de velours rouge, une décoration militaire récompensant sa participation aux combats. Quand je l'avais interrogé au sujet de la guerre, mon père s'était enthousiasmé autant que s'il s'était agi d'un héros, d'un sacrifié qu'une famille de militaires porte en son sein comme un joyau brut, avec sa part de mystère et de fulgurance, et sa place de choix dans un cadre doré. Il en avait parlé comme s'il s'était agi d'une autre personne complètement étrangère au portrait habituel que l'on m'avait toujours fait de mon grand-père. Il avait été fier de cet homme-là qui avait un jour risqué sa vie au nom d'une idéologie. D'ailleurs, l'ensemble de la famille l'identifiait par rapport à cet épisode de sa vie, un vétéran de la guerre, un acteur de l'histoire dont on pouvait voir la trace officielle sur une médaille militaire. Il avait été un homme en uniforme sur un portrait grand format dans le bureau, bien plus qu'un père, un mari ou un grand-père.

Le 28 juin 1950, Rémy Vialens avait choisi de donner une orientation différente à sa vie. Le monde sortait à peine du traumatisme de la Deuxième Guerre mondiale et plongeait déjà dans la Guerre froide quand les forces nord-coréennes avaient envahi la Corée du Sud. Vingt- six mille soldats canadiens, dont certains engagés volontaires, participèrent à ce conflit à l'autre bout du monde et un peu plus de 500 d'entre eux y perdirent la vie.

À l'été 1950, Rémy venait d'avoir 23 ans. Dans son village à l'ouest de Montréal, la seule fenêtre ouverte sur le monde était celle des journaux sur la table de la cuisine familiale sous les épluchures de patates. Rémy n'avait rien connu d'autre que les champs de céréales et la vie autour du clocher. Il rêvait d'aller au bout du rang, puis de la grande route, jusqu'à la ville dominée par le Mont-Royal. Le grand fleuve et les paquebots transportaient les ambitions des plus téméraires jusqu'au bout du monde et le faisaient rêver. Il ne voulait pas de cette vie sur la ferme. Il rêvait d'aventures, même périlleuses, à la hauteur de ses ambitions au-delà de l'horizon obstrué par l'ennui. Parfois, il se remplissait d'une ivresse inconnue, une sensation difficile à identifier. En partant, il avait suivi une force étrangère dont il avait trop longtemps empêché l'impulsion.

Lors de notre dernier aller-retour avec le pick-up chargé de cartons, j'ai pris un double des clés de maison sur le trousseau de mon père, et le soir même j'y suis allé seul. La nuit, la maison disparaissait sous les arbres dont les branches caressaient le toit et plongeait dans la noirceur. Il fallait la lumière d'une lampe torche pour se faire un chemin sans encombre jusqu'aux marches du pallier. Quand j'étais enfant, la campagne si apaisante le jour se transformait le soir en une créature tentaculaire qui fondait sur la maison pour l'engloutir. Depuis le lit où je dormais, je l'imaginais en bateau à la dérive sans encrage ni capitaine, exposée à tous les dangers.

Le rez-de-chaussée était encombré des boites et des meubles prêts à être déménagés. J'ai parcouru chaque pièce de la maison à la recherche de souvenirs de mon enfance, mais les moments passés ici ne m'avaient laissé que des impressions proches du détachement. J'y avais dormi quelques fois avec ma sœur et, la plupart du temps, mon grand-père n'était pas là. La porte de son bureau restait fermée à clé, mais je ne m'y étais jamais attardé dans l'espoir qu'elle s'ouvre sur moi et sur une complicité avec lui. Je n'avais fait que passer devant, ne lui accordant jamais la place de sanctuaire que mon père lui avait donnée. Son bureau fermé était un espace de jeu dont nous étions privés, rien de plus.

La seule place où il s'attardait encore dans mes souvenirs, c'était devant la télévision sur le fauteuil dont l'assise n'avait pas gardé la forme de son corps. Je le voyais un jour de fête, le visage sans expression. Les conversations ne l'atteignaient pas. Il tenait le verre qu'on lui avait donné, docile, presque absent. Il avait le teint gris des mannequins de cire. Campée à ses pieds, la mort ne faisait face à aucune résistance, elle s'installait en terre conquise.

Rien dans la maison n'était à son image. Il l'avait habitée comme on occupe une chambre d'hôtel, en locataire de passage. Finalement, l'habitacle de sa voiture lui avait offert le seul espace où il s'était senti véritablement chez lui, suffisamment étroit pour ne pas le partager. Pour tout le monde, Rémy était l'homme à la Mercedes, comme d'autres sont la fille aux yeux clairs, l'enfant au sourire lumineux ou l'inconnu à l'accent d'ailleurs. Et pour moi, il était devenu un homme empaillé, un corps rempli de fétus de paille. Mais le vide en lui où sa famille s'était abimée, m'attirait, m'absorbait. Il y bourdonnait une douleur familière qui s'était imposée depuis le départ de Sarah. Elle remplissait un corps dont je n'avais vu que l'écorce et me donnait l'espoir de laisser un jour à mes pieds la peau de mon chagrin causé par l'absence de Sarah. Il me semblait qu'à nous deux nous pourrions consoler ma peine d'avoir perdu ce que Rémy n'avait jamais eu. Ce qui avait fait ma richesse, un puits de souvenirs, mon grand-père ne l'avait peut-être qu'effleuré.

J'ai remonté quelques bûches du sous-sol pour allumer un feu dans la cheminée. L'odeur de la créosote s'est répandue dans le salon. Le bois sec a nourri de belles flammes et des ombres cacochymes. Des souvenirs incertains ont dansé sur les murs. Soudain la maison lui a ressemblé et s'est offerte à ses pas silencieux. Sa silhouette nonchalante y a déambulé un peu, s'arrêtant devant la bibliothèque pour y prendre un livre. Il a ouvert la fenêtre et laissé sortir l'odeur âcre de la fumée mélangée au tabac brun de ses cigarettes. Il m'a proposé une image inédite et familière. L'homme des poèmes dont on ne se console pas de l'absence prenait forme, celui qui avait laissé dans un cœur amoureux une blessure hémophile. Je me suis endormi sur son fauteuil et j'ai tendu l'oreille à mes rêves où Sarah apparaissait encore. Au matin, le feu était éteint et le froid avait formé des croutes de givre au bas des fenêtres. Avec l'ongle de l'index, j'y ai écrit mon prénom qui disparaitrait avec l'ascension du soleil au-dessus de la cime des érables rouges.

15

La lumière se reflétait sur ma table de cuisine où j'écrivais à Sarah dans le carnet bleu. Toutes les imperfections, les éraflures, les marques laissées par des ustensiles échappés, par des crayons qui avaient appuyé trop fort sur du papier, par des ciseaux ayant servi aux bricolages de Lou quand elle était petite ont fait le relief accidenté de nos souvenirs. J'ai vu les nombreux éclats de vernis et le bois qui avaient bu par endroits de minuscules gouttes de peinture ou de gras. La brûlure, aussi, d'une chandelle oubliée un soir de panne d'électricité. Je m'étais endormi sur le canapé, et cela avait entrainé une des plus grosses disputes entre nous. Sarah avait accusé mon manque de vigilance qui aurait pu être fatal. J'avais vu dans son œil noir un éclat sauvage animé par la peur de ce qui aurait pu arriver si la table avait pris feu.

Quand j'ai déposé Lou, ce soir-là, devant sa porte, Sarah m'a fait un petit signe de la main, de loin, avant de détourner le regard. La distance entre nous m'a donné la nausée et j'ai ressenti la même chose que lorsque le manège allait trop vite, la première fois que j'y avais amené Lou. Mon cœur s'était mis à battre pour deux, saturé par la peur du vide que Lou ne ressentait pas encore assise à mes côtés dans le charriot lancé sur les rails pour défier l'apesanteur.

Une fois rentré chez moi, j'ai sorti ma bouteille de Vodka. J'ai bu plusieurs verres et j'ai rapidement ressenti la chaleur sur mes tempes, la sensation d'engourdissement que Sarah n'aimait pas! Il me suffisait de fermer les yeux pour me voir dans le charriot sur la montagne russe et ressentir le vent, la force, la vitesse et la main de Lou dans la mienne, ressentir ce qu'il y a de terrifiant et d'enivrant dans la chute.

Plus tard, j'ai écrit à Eugénie. J'avais besoin de sa peau, de son odeur. Quand elle venait chez moi, c'était tard le soir, et elle repartait dans la nuit avant de s'endormir, avant que nos bras ne s'étreignent trop longtemps pour vouloir se détacher du sommeil confortable. Eugénie avait établi les règles de notre relation dont la première était de ne jamais parler d'elle et de sa vie personnelle. Mais une cicatrice au bas du ventre trahissait une maternité, et une bague au doigt me parlait de mariage. J'étais une bulle dans sa vie, un moment où elle ne portait aucun autre chapeau que celui de femme. Si elle était belle, elle avait déjà été magnifique et elle affichait la nostalgie d'une époque pas si lointaine où elle avait été la princesse de ses parents, une perle aux mille éclats, l'unique sujet d'albums remplis de photographies. Et puis le temps avait passé sournoisement, emportant la fine couche de sublime que revêtait sa peau, suffisamment pour que la grâce laisse place à une beauté douloureusement plus pâle. Les yeux de ceux où elle avait brillé autrefois avec insolence lui en renvoyaient maintenant le souvenir cruel, l'image d'un âge d'or qu'elle aurait voulu effacer.

Après quelques mois nos rencontres sont devenues des rendez-vous que l'on plaçait à notre agenda. On faisait l'amour à répétition, jusqu'à l'épuisement. Il m'arrivait de lui parler de Sarah, de cette faim de moi qu'elle n'avait jamais eue. Et le désir dans les yeux d'Eugénie ne rendait que plus flagrant l'absence de celui de Sarah durant toutes les années de notre couple. Elle me chuchotait à l'oreille des mots de réconfort, et je me collais à elle pour prolonger la nuit et chasser les aurores où elle repartait. Dans ses bras, je sentais mon cœur battre jusque dans ma tête, comme dans le manège, quand Lou serrait ma main tellement fort que ses petits ongles pointus pénétraient ma chair. Quand elle criait de toutes ses forces et que ses cheveux détachés fouettaient mon visage à chaque virage, à chaque looping. J'avais ressenti un vertige nourri par une peur irrationnelle. À chaque tour, j'avais tenté de repérer Sarah, mais je n'avais vu que des formes déconstruites, des corps anonymes et impossibles à identifier, des images écrasées par la vitesse. Une fois détachée et sortie du charriot, Lou avait bondi partout comme un cabri, le corps saturé d'adrénaline, et elle m'avait supplié d'y retourner, des superlatifs plein la bouche. Je ne sais pas à partir de quand j'ai tout ressenti moins intensément, à partir de quand je n'ai plus utilisé de superlatifs comme ceux évoqués par les lèvres d'Eugénie.

Est-ce la peur des montagnes russes qui avait empêché Rémy de sortir de sa vie et d'accepter un rôle de figurant? Quel cœur avait-il laissé saigner?

Mercredi. J'avais épié chacun de tes gestes. J'avais regardé tes seins devenus lourds accompagner tes mouvements, la courbe de tes hanches, le grain de beauté dans ton dos, près de la colonne vertébrale, et celui à l'intérieur de tes cuisses, tout près du sexe. J'avais regardé une dernière fois la coccinelle courir sur ton bas ventre jusqu'à ton pubis, figée dans l'encre d'un tatouage usé par le soleil. Tu étais avec moi, nue, dans cette salle de bain où la buée dégoulinait sur les murs et les miroirs. J'étais seul avec toi, pour une dernière fois dans l'intimité construite pendant 15 ans. J'étais déjà seul devant ton corps et ton cœur inaccessibles, le lendemain du dernier soir.

16

Les jours suivants, je suis resté enfermé chez moi.

La première soirée, j'ai tenté de réaménager l'espace de la maison trop imprégné d'images du passé. J'ai rempli des cartons de tout ce qui encombrait les armoires et les étagères, et j'ai laissé au temps le soin de les garnir à nouveau. J'ai cherché sur mon ipod la musique qui dirait à ma place les mots que je n'avais pas. Je pensais naïvement que déplacer les meubles effacerait les souvenirs et qu'il suffirait d'un revers de main pour en repousser les gommures. Mais rien ne disparaissait si facilement. J'ai laissé les meubles en plan, la maison n'avait l'air de rien de toute façon. Il n'y avait plus rien à boire dans le frigo, alors je suis descendu au sous-sol pour y dénicher un restant de rhum ramené d'un voyage à Cuba quelques années plus tôt. Ça me ramenait à Sarah allongée dans notre lit, endormie sur le coté. Je ressentais sa chaleur, je respirais son odeur. Combien de nuits avions-nous dormi côte à côte? Combien de fois avions-nous fait l'amour en 15 ans? Est-ce qu'une histoire d'amour se résume à quelques chiffres quand arrive l'heure du bilan? Le manque creusait mes joues, écrasait mes épaules. Dans le miroir de la salle de bain, j'ai revu ma tête de mort-vivant des mauvais jours, la gueule de toxico l'ayant échappé belle, le faible espoir dans l'œil, celui qu'avait Rémy sur son fauteuil mazouté par la noirceur avec la vie tout autour de lui dont il s'était éloigné.

J'ai écrit dans mon carnet bleu qu'il suffit de mourir dans un seul cœur pour cesser d'exister. Sarah le savait aussi. Le souvenir de son frère recevant le diagnostic du glioblastome un lundi matin à l'Hôpital général juif de Montréal ne l'avait jamais quitté. Elle lui avait tenu la main dans les couloirs du troisième étage, franchi avec lui les portes battantes du département d'oncologie et attendu à ses côtés sur une chaise inconfortable devant la porte du professeur qui lui avait donné rendez-vous. Le glioblastome de grade 4 avait sournoisement envahi son cerveau sans autres symptômes que de la fatigue, avait dit le médecin en pointant une tache blanche révélée par les IRM. La bataille était perdue avant même qu'elle ne commence. Maladroit, il avait évoqué David contre Goliath sans y croire, sans conviction, malgré ce qu'on lui avait enseigné dans un amphithéâtre de l'université McGill. Il avait proposé un traitement expérimental, mais ils étaient sourds de douleur. Sarah avait vomi à l'annonce du diagnostic et, dans la bouillie de nourriture prédigérée, il y avait assez de rage pour détruire sa foi en une force supérieure qu'on lui avait transmise sur les bancs d'église depuis sa tendre enfance. Raphaël avait passé sa main dans son dos pour la réconforter, puis il avait nettoyé son menton avec un mouchoir avant de lui donner sa veste pour remplacer le chandail souillé. Il savait qu'après le choc, le calvaire commençait aussi pour ceux qui restent. Et il avait arboré le sourire de la photo en noir et blanc accrochée au mur du salon de ses parents; le sourire d'un enfant sage et raisonnable qui accepte le choix des grandes personnes. Durant les neuf mois du naufrage, il était redevenu l'enfant docile, l'enfant modèle, puis le bébé calme et paisible, le nourrisson fragile, un souffle de vie un peu trop court avant de s'éteindre dans un râle qui la réveillait la nuit, des années plus tard.

Dans ma bibliothèque, quelque part au milieu de pages annotées, une photo de nous deux servait de signet à un roman de Calaferte. Au dos de cette photo, Sarah avait écrit « *Jules, mon petit amour* » et dessiné un cœur sur le point du i. Nous étions assis dans l'herbe, elle était derrière moi, le menton appuyé sur mon épaule et la tête légèrement penchée vers la mienne. Nous regardions dans la même direction. Ce livre au milieu des autres était le tombeau de cet instant-là.

J'ai refermé le carnet et j'ai regardé le rideau de pluie tomber derrière la baie vitrée de la cuisine. L'eau faisait fondre les derniers bancs de neige crasseux et ruisselait sur le sol en plein dégel. Ça a duré plusieurs jours sans interruption, au point de transformer la rivière juste en bas de chez moi en torrent. La nuit, les berges arrachées par la puissance de son débit disparaissaient dans un borborygme inédit, un vacarme apaisant mon sommeil. Fallait-il engloutir l'amour pour qu'il cesse de tout arracher?

17

Durant l'épisode du déluge, j'ai relu tout le dossier laissé par ma grand-mère et j'ai réalisé que l'avocat ayant assuré la défense de Rémy à Cuba était le père du banquier de la rue Dorchester. Je lui ai écrit afin qu'il me le confirme. Son père avait en effet défendu mon grand-père dans l'affaire cubaine et, pour Georges Stillman, ça n'avait jamais été un secret. Rémy Vialens et Edward Stillman s'étaient rencontrés en Corée où ils avaient combattu ensemble. D'après ce qu'il savait, ils étaient arrivés en même temps à Séoul en décembre 1950. Après la victoire de la coalition sur la Corée du Nord, le contingent canadien était demeuré quelques années en mission de pacification à laquelle ils avaient participé jusqu'au début de 1953. Rémy et Edward avaient servi un peu plus de 24 mois là-bas où ils avaient noué une solide amitié. Ils étaient issus de deux mondes opposés, l'un de la campagne profonde où la reconnaissance se gagnait dans le travail de la terre et l'oubli de soi, et l'autre des quartiers bourgeois de Toronto où l'on valorisait les études et la réussite sociale. Chacun de leur côté, ils avaient ressenti l'appel de l'aventure et l'envie de sortir d'un chemin que l'on avait tracé pour eux depuis l'enfance. Ils avaient découvert ensemble l'étendue d'un monde dont ils avaient repoussé les frontières avec exaltation.

Mon père, quant à lui, ignorait tout de Stillman. Rémy avait caché à sa famille jusqu'à l'existence de cette amitié ancienne comme tout le reste de sa vie dont il ne restait que des traces à peine visibles. Rémy était un homme de peu de mots, renfermé, qui détestait plus que tout parler de lui, affirmait mon père.

-De toute façon, papa n'était jamais là. Il passait dans notre vie sans s'y arrêter, sans nous voir. Et ses présences, finalement, étaient plus douloureuses que ses absences que je pouvais excuser et travestir.

Mon père s'est assis en soupirant sur le tabouret de mon comptoir. Avec ses doigts, il a joué nerveusement avec un crayon dont il vissait et dévissait le bouchon. Il n'avait jamais entendu son père rire aux éclats ni même se fâcher ou crier. Il avait toujours été neutre et silencieux comme les animaux empaillés de son bureau, comme je l'ai été moi-même parfois avec Sarah quand je ne savais pas quoi faire avec le poids du quotidien qui arrache les ailes des papillons dans l'estomac. Depuis ma séparation, mon père avait souvent fait allusion à la ressemblance de nos caractères, à notre façon d'avaler les émotions.

-Ça doit être dans nos gènes, tout ça… Tu es parfois si discret, Jules, que l'on a l'impression que tu n'es pas là! Mais tu n'es pas comme lui. On voit dans tes yeux l'amour que tu as pour Lou. On le sent.

S'il me l'avait demandé, je lui aurais dit que j'avais été un fantôme avec Sarah, une ombre qui se détache de son corps. Et je lui aurais dit aussi que l'on peut aimer très fort sans être capable de le dire ni même de le montrer, que c'est un handicap plus douloureux que n'importe quel autre. Je lui aurais dit que Rémy en avait surement souffert. Nous n'avions pas été choisis l'un et l'autre par un amour pourtant indispensable, et c'était le lien le plus fort qui nous unissait tous les trois, la sève de notre arbre généalogique. Plus que la couleur des yeux ou des cheveux, ces actes manqués avaient marqué l'ADN de notre famille.

Ma chambre ne ressemblait plus à une chambre à coucher depuis le départ de Sarah. Il n'y avait plus de meubles, les vêtements froissés trainaient partout, la poussière s'accumulait sous le lit et la peinture n'avait jamais été terminée. Sarah avait entrepris de la refaire quelques mois avant notre rupture, mais elle avait manqué de temps pour la finition, avait remis cela aux vacances, aux rares temps libres arrachés à la vie, s'en était accommodée, puis elle était partie... Selon Eugénie, c'était le signe que rien n'arrivait pour rien, et cette peinture inachevée avait une signification. Elle m'avait d'ailleurs encouragé à la refaire sans plus tarder.

Là où il y avait eu des cadres et des photos de nous, j'ai collé les clichés trouvés dans le dossier et dans le coffre, puis les poèmes. J'ai épinglé le rapport de police et quelques photos prises par mon grand-père durant sa vie et, notamment, une où il apparaissait accidentellement dans le reflet de la vitrine d'un magasin de chapeaux du quartier North York de Toronto, derrière son Minolta. En étalant les traces de la vie de Rémy sur mes murs, j'avais l'impression de tanner une peau d'animal pour l'adoucir, pour qu'elle puisse un jour servir de couverture à quelqu'un. Depuis mon lit où j'étais allongé, j'ai regardé tout ça longuement avant de m'endormir espérant y découvrir les erreurs commises par Rémy dont je pourrais m'inspirer pour refaire surface. Comme Sarah, mon grand-père n'était jamais aussi présent que dans mes rêves où il s'immisçait presque toutes les nuits. Il en prenait le contrôle et dictait les scénarios de ses apparitions. Il était toujours jeune et ses yeux ne portaient pas le voile de ses mystères. Parfois, on formait la même personne, ses mots sortaient de ma bouche et il s'habillait de ma peau, ses lèvres embrassaient Sarah à ma place et elle retombait amoureuse de moi comme au premier jour. Il souriait à travers moi et je lui offrais les souvenirs de mon histoire d'amour. Mais trop vite, le rêve disparaissait avec le jour.

Je me suis réveillé au son du rideau rouge qui frottait sur la fenêtre entrouverte. Il faisait froid, le soleil traversait la chambre et coloriait le mur. Un léger vent faisait frissonner les feuilles que j'y avais placardées. Même là où elle était consignée, l'histoire reprenait vie. Il m'a semblé voir Rémy dans un souvenir ancien. J'entendais ses mots, mais pas sa voix. Il était debout devant sa voiture, il fumait une cigarette les jambes croisées. Papa était à ses côtés et lui parlait. Rémy ne le regardait pas, ses yeux cherchaient un endroit où se fixer. Puis son regard avait croisé le mien et il avait souri, l'espace d'un court instant. Un sourire d'enfant à un autre enfant, ingénu et complice.

J'ai hésité à composer le numéro de ma sœur ou celui de Sarah. Mais je n'avais rien à dire ni à l'une ni à l'autre. Qu'est-ce que je pouvais bien ajouter que je n'avais pas déjà dit et qui serait entendu cette fois plus que les autres fois. Je devais continuer d'avancer, refaire ma vie, pour Lou, pour retrouver ma place, pour qu'elle m'aime toujours. Détester quelqu'un que l'on a chéri, c'est flirter avec l'enfer, c'est courtiser la folie.

Jeudi. Il n'y a ni vainqueur ni vaincu dans une histoire d'amour, Sarah. Il n'y a que de la souffrance et la vie. Le courage est dans le combat, je sais, pas dans l'abandon ! Mais je ne sais pas quel en est le trophée.
« Vivre sans toi, Jules, ce serait mourir... » Où se perdaient les mots une fois prononcés?

18

Représentant en produits pharmaceutiques, Rémy Vialens a parcouru le Canada et la côte est américaine pendant quatre décennies. Dans les filières de son bureau, j'avais trouvé de nombreuses cartes routières annotées où il avait noirci avec précision les routes empruntées lors de ses déplacements. Cela ressemblait à une grande toile d'araignée tissée autour de lui et dont il était à la fois l'artisan et la proie. Je pouvais deviner sa progression sur les routes devenues des fils où il avançait en équilibriste. En y regardant de plus près, il n'y avait pas vraiment de logique dans les trajets. Rémy ne choisissait pas forcément les chemins les plus courts pour se rendre d'un point à un autre. Au contraire, il semblait plutôt tracer des parcours où les kilomètres comptaient moins que la trajectoire.

Quelques jours par mois, seulement, il revenait chez lui, et après s'être informé de l'essentiel durant son absence, il s'enfermait dans son bureau d'où il ne sortait que pour les repas. Il avait reconverti la salle de bain adjacente à son bureau en atelier où il exerçait ses travaux de taxidermie. Et quand il rapportait un cadavre d'animal, il consacrait ensuite tout son temps libre à l'empailler, déployant un souci maniaque à la reconstitution du mannequin et du squelette avec la fibre de bois, puis aux détails dans la posture et l'allure selon une scène associée au comportement de l'animal.

Lorsque mon père parlait de lui, il évoquait les moments innombrables passés dans l'attente. Son enfance s'était écoulée entre l'impression constante que son père venait de partir et le désir de le voir revenir à bord de sa grosse voiture. Il avait rêvé si souvent à un papa qui sortirait un jour de son bureau pour jouer avec lui. Mais il avait eu un père creux qui l'avait abandonné à sa solitude d'enfant. Alors, il l'avait magnifié en lui prêtant les plus grands exploits et les meilleures intentions. Quand mon père avait découvert la décoration dans le tiroir de son bureau, il s'était imaginé combien de dangers il avait dû braver pour mériter cet honneur. À l'école, il en faisait une sorte de héros défenseur de la liberté à l'autre bout du monde, un mercenaire d'un autre temps. Il avait souvent menti sur son métier et sur les raisons de ses absences, préférant s'inventer un papa insaisissable, mais aimant, un père magnifique illuminant la maison dès qu'il en franchissait le pas. Il s'asseyait à son bureau pour caresser le bois massif du bout des doigts, pour toucher le coupe-papier en forme de sabre miniature. Il avait souvent ouvert le petit coffret rectangulaire à la marqueterie délicate où il rangeait son stylo-plume, une loupe, une douille de fusil rapportée de Corée et une photo de lui, enfant, avec un petit chien dans les bras. Mon père aimait l'image de cet enfant souriant, semblable à tous les autres enfants. Il imaginait le gamin qu'il avait été. Avait-il eu les mêmes jeux, les mêmes peines? S'était-il endormi avec les mêmes rêves que les siens? Il était triste de n'avoir jamais vu ce sourire immense dans ses yeux, remontant des lèvres jusqu'aux oreilles. Un jour, sa maîtresse d'école avait demandé de concevoir leur arbre généalogique. Mon père y avait collé des photos de ses frères et sœurs et de ses parents et, en cachette, il avait remplacé la sienne par celle de son père avec le petit chien. Il s'était créé un papa sur mesure pour briser les silences et sa solitude, pour sourire lui aussi sur les photos. Parfois, il lui écrivait des lettres, assis derrière le grand bureau. Il lui racontait sa journée d'école, les jeux au bord de la rivière à l'endroit où les branches des saules pleureurs touchaient la surface de l'eau, les ricochets et les crapauds, les jeux de guerre et les balades en vélo avec Tremblay et Vachon, les amis d'enfance. Mais jamais il ne les lui envoyait. Il avait peur qu'il ne le gronde à cause des fautes d'orthographe. Il pliait la lettre et la déposait avec les autres dans une boite à chaussures sous son lit. De temps en temps, il les relisait pour avoir l'impression qu'un dialogue entre lui et son père s'était ouvert. Il lui était arrivé de souhaiter qu'il trouve la boite sous son lit.

Rémy Vialens avait assuré le confort de sa femme et veillé à ce qu'elle ne manque de rien, mais il avait en quelque sorte acheté son absence et misé sur sa compréhension et ses accommodements. Et puis il était mort à quelques mois de la retraite. Il était devenu un fantôme aux draps gris, les yeux cernés de fatigue et d'usure, pris au piège de sa propre toile tissée sur les routes. En quelques mois, l'arête de ses os avait percé ses costumes austères, et le vieillard au dos courbé, à la silhouette frêle et fragile avait effacé l'homme qu'il était. Son visage portait la trace de millions de kilomètres parcourus et qui, avec le temps, lui avaient laissé l'impression d'un rouleau au bout duquel il était arrivé. Il était devenu le fantôme d'un fantôme.

À ses funérailles, mon père s'était senti comme un intrus. Durant ce dernier moment en présence de sa dépouille, il n'avait pu se rattacher à un souvenir agréable sur lequel pleurer. En repensant à son enfance où il avait attendu devant la porte de son bureau comme un chien docile attend son maitre, il s'était mis à le détester et à ressentir un profond soulagement face à sa mort. À mesure que la terre avait recouvert son cercueil, il s'était senti délivré. Son absence était enfin justifiée.

Dimanche. Sur le tarmac, les voyageurs se croisent et se frôlent, les pas silencieux, le billet en mains. Nous avançons déjà vers la fin. Tu n'es déjà plus là. Ce n'est déjà plus moi. C'est un rêve en noir et blanc.

19

J'ai décidé de garder cette histoire pour moi et de ne pas réveiller l'origine de la douleur de mon père. Elle n'était pas arrivée dans ma vie sans raison, je ne croyais pas au hasard. Qu'avais-je à y perdre? Je n'avais pas d'image à ternir ni de souvenir à entacher. Je ne craignais pas comme ma grand-mère de perdre des illusions, je n'en avais pas eues à son sujet. Je pouvais l'aborder froidement. Il y avait une vérité inscrite dans un temps qui avait coulé jusqu'à moi et je pouvais l'atteindre avec détachement. Je pouvais faire la lumière sur son passé et en disposer, comme je le voulais, sans écorner des souvenirs beaucoup trop minces.

Sur la photo trouvée dans le coffre de banque, il y avait une rue aux petites maisons multicolores striées par les ombres de palmiers majestueux. Un homme jeune était assis devant une maison aux volets fermés sur des murs envahis par une glycine. Une cigarette fumait à sa bouche, et il faisait un signe de la main au photographe, probablement mon grand-père derrière son Minolta. Ricardo Suarez figurait dans le rapport de police comme étant l'hôte de Rémy à Cuba jusqu'au jour de l'accident. On décrivait un homme vivant de petits emplois, sans femme ni enfants, occupant la maison familiale dont il avait hérité de ses parents après leur décès.

À l'évidence, mon père ne connaissait pas l'épisode cubain de son père. Et s'il l'avait su, cela aurait-il changé sa perception? Était-ce simplement tombé dans le silence qu'il avait appris à respecter jusqu'à s'en vêtir comme d'une conque protectrice et isolante toujours moins douloureuse que l'âpreté de l'indifférence?

Internet regorgeait d'images de l'île figée dans le temps par un embargo historique où les années avaient passé lentement sans altérer le décor construit par les hommes. De rapides recherches et quelques clics m'ont amené aux portes de cette rue qui figurait encore sur un plan récent de la ville. La vue satellite ne permettait pas de voir assez clairement les habitations, mais je devinais leur ossature et l'organisation symétrique des quartiers. Je pouvais visualiser le cadre où s'était déroulé son séjour. Perpendiculaire au bord de mer, la rue filait d'est en ouest pour aboutir à l'autre extrémité de la ville en passant par la place de la Libertad renommée après la révolution quelques années plus tard. Rémy avait d'ailleurs photographié cette même place un jour de fête où les gens dansaient sous un enchevêtrement de banderoles attachées aux balcons. Un orchestre jouait des airs entraînants vissant des sourires sur les visages des hommes et des femmes enlacés le temps de quelques chansons. On pouvait deviner l'abondance de couleurs éclatantes que la teinte sépia des photos ne parvenait pas à cacher.

En remontant la rue, on débouchait sur le 17 de la calle Milanès d'où l'on apercevait sûrement la baie de Matanzas pénétrant les terres de la province. Le vent devait s'y engouffrer pour déposer des parfums d'océan filtrés par la mer.

Le permis de séjour annexé au rapport de police indiquait que mon grand-père avait vécu à Matanzas de mars 1953 jusqu'en juillet de la même année, moment où il était reparti au Québec après l'accident. Mais ces quatre mois passés chez Suarez piquèrent ma curiosité. Qu'avait-il fait sur cette île durant tout ce temps? Qu'est-ce qui l'avait mené à Matanzas? En écrivant ces informations à Sarah dans mon carnet bleu, j'ai ressenti l'envie de poursuivre mes investigations et pourquoi pas de me rendre à Cuba quelques jours. Dans le pire des cas, je m'y reposerais si les recherches ne devaient déboucher sur rien de concret. Sarah m'aurait assurément encouragé dans mes démarches si je lui avais envoyé la lettre plutôt que de la consigner dans mon carnet. De son côté, curieuse d'en savoir plus sur cet homme pour qui elle développait une fascination inexplicable, Eugénie m'a incité à poursuivre mon enquête. Je crois qu'elle comprenait combien j'avais besoin de connaître l'origine de la souffrance de Rémy pour trouver à mon tour le moyen de traiter la mienne.

-Et si tu ne trouves rien, il y aura le rhum et le soleil. Et peut-être la paix au bout d'une plage. Tu n'as rien à perdre, Jules.

J'ai épinglé un plan de la région de Matanzas sur le mur de ma chambre à côté des photos. Il me fallait cartographier cette histoire pour lui redonner ses couleurs perdues. Après avoir posé le décor, il serait plus facile ensuite d'y laisser déambuler les souvenirs de mon grand-père réveillés par des photos et quelques poèmes.

Deux ans avant notre séparation, Sarah et moi avions passé une semaine dans un tout-inclus de Varadero à quelques kilomètres de la baie. Je me souvenais d'un endroit paradisiaque baigné par une eau turquoise. Il y avait déjà dans notre couple un début de distance que la routine insère dans le quotidien. Lorsque nos doigts s'étaient effleurés sur la plage, un matin, on avait ressenti chacun de notre côté la présence d'un imperceptible malaise. Ce n'était plus une évidence que nos mains se cherchent et que nos doigts s'enlacent. On se disait *je t'aime* par habitude, sans mesurer le sens de ces mots. On avait réalisé la distance présente, malgré notre proximité, lors de cette balade matinale sur un fond de carte postale.

Matanzas! La baie des massacres! À l'époque je n'avais pas cherché la signification de ce nom. Il était singulier et nous offrait ce que nous étions venus chercher. On avait fui un présent pour emprunter un lendemain.

Nous avions visité la ville par hasard, une après-midi, pour préserver nos peaux du soleil qui nous avait chauffé sans relâche sur les plages depuis notre arrivée. La pauvreté des lieux laissée par l'embargo américain nous avait marqués à travers les rues figées dans le temps. J'avais photographié Sarah marchant devant moi dans une rue où des chiens dormaient à l'ombre d'agaves aux têtes démesurées. Elle était coiffée d'un grand chapeau de paille acheté sur un marché, et le vent soulevait sa robe. Sarah se fondait dans la rue en riveraine, et ses lunettes de soleil cachaient les grands yeux bleus qui auraient trahi ses origines étrangères. J'ai cherché la photo décrochée du mur le soir du déménagement de Sarah et je l'ai ressortie du sac où je l'avais rangée avec tous les autres souvenirs. Je l'ai épinglée sur le mur de ma chambre où se réécrivait une vieille histoire, un chapitre à la fois. Rémy et Sarah marchaient maintenant côte à côte, l'un dans l'ombre et l'autre sous le soleil. Comme Rémy, je n'avais pas traversé la rue pour rejoindre la lumière et celle que j'aimais.

20

À la mort de son frère et de façon quasi obsessionnelle, Sarah avait voulu reconstituer dans le détail les derniers mois de sa vie. Elle avait eu besoin de toucher les objets qu'il avait touchés une dernière fois, de connaitre ses derniers rêves, ses dernières envies avant que le nuage mortel n'ait envahi son système nerveux central pour le déposséder de son identité, avant que tous les sentiments qui animent le visage ne se soient confondus en un masque de cire, avant qu'elle ne soit la seule à partager les souvenirs d'une enfance heureuse. Ça n'avait pas apaisé sa peine ni expliqué cette aberration de mourir si jeune, mais elle l'avait simplement imaginé vivre encore, et c'était déjà beaucoup. Pendant des mois, elle s'était consacrée à la reconstitution des dernières semaines de la vie de son frère, jusqu'à l'épuisement et à la dépression. Ses parents avaient dû la forcer à lâcher prise en l'envoyant chez une tante à Paris pour se reposer. Mais le chemin de la fuite avait été celui des amphétamines et de sa dégringolade.

Elle m'avait raconté peu de choses de ce voyage, mis à part la recherche des traces d'un écrivain que Raphaël lui avait fait découvrir quelques mois avant l'annonce du cancer. Je n'ai jamais su combien de temps elle était partie ni les détails de son séjour et cette période est demeurée taboue durant toutes nos années de vie commune. Elle avait fait de ce voyage une sorte de pèlerinage sur les pas d'un jeune écrivain mort peu avant la parution de son unique roman. La brièveté de l'œuvre et la fulgurance de sa vie la ramenaient à son frère. Sa recherche l'avait entrainée sur la tombe de l'écrivain dans un petit cimetière de banlieue. Un soir, elle m'avait décrit en détail la photo sur la pierre tombale, le regard fuyant, le rai de soleil qui pénétrait son œil mi-clos, la mèche un peu trop longue au milieu du visage. Elle avait parlé de sa beauté, de la douceur de ses yeux, de la justesse des mots de son roman et de cette impression de l'avoir toujours connu. Elle aurait voulu savoir sur qui s'était posé le regard de la photo transpercé par le soleil, le lien qui l'avait uni à l'autre, les mots échangés à ce moment-là, les sentiments partagés, les heures et les jours qui avaient suivi, ce qu'il y avait eu après. Et elle avait pleuré sur la ressemblance avec son frère, sur le destin où la mort s'invite trop tôt.

Donner corps à une vérité comme Sarah à travers sa fuite suffisait pour que mon grand-père existe encore ne serait-ce que pour moi, même dans les recoins obscurs où il s'était caché. J'avais besoin d'un point d'exclamation à défaut du timbre de sa voix enfoui six pieds sous terre. Plus je me rapprochais de lui, plus il existait. Il prenait forme entre les photos et les mots d'amour d'une autre, dans mes souvenirs usés et ceux de mon père encore vifs et douloureux. Rémy reprenait sa vie à rebours. Du fauteuil où il mourrait jusqu'à la terrasse du café *El sol,* il remontait le temps pour y laisser sa peine et ses remords et, peut-être, pour me montrer le chemin à suivre, l'embranchement que je n'avais pas vu. Ce retour en arrière pour Rémy me permettait d'avancer, de croire aux vertus des sourires de Lou, au chagrin qui s'use et se polit sans accrocher la chair quand il pénètre le cœur.

21

Pendant un an qu'avait duré l'impact de ma chute, les médicaments avaient enrobé la surface rugueuse de ma souffrance. Mais après des mois de consommation, j'étais devenu moi aussi un homme empaillé, rempli de faux-semblants et de trompe-l'œil pour sauver les apparences. Seule Lou, dans la pureté de son enfance pas encore souillée par le mensonge, voyait clair. C'est aussi parce que l'amour m'unissant à elle ne se laissait pas imposer de filtres déformants. Si Lou ne voulait plus me voir, c'était afin de se préserver de mon chagrin toxique qui la contaminait par le biais des vases communicants de notre filiation. Son instinct farouche et puissant l'attirait vers la vie et l'éloignait de moi. Et comme s'il s'agissait d'une entente secrète conclue entre nous, je l'acceptais. Depuis la fibre organique que je lui avais transmise, Lou m'imposait cette absence malgré elle. Sa seule existence devait être la lumière pour ne pas me perdre dans le noir. Elle le savait sans pouvoir l'exprimer autrement qu'avec la noirceur de son œil bleu. Elle savait qu'un jour l'on se retrouverait. Peut-être pas comme avant, quand la légèreté nous enveloppait, lorsque les silences ne portaient rien d'autre que le répit. À défaut de trouver les mots, Lou me parlait avec le silence de ses yeux.

Avant de m'endormir sur le sofa, j'ai ouvert mon carnet bleu pour un autre rendez-vous avec Sarah. Je lui ai parlé de Lou le jour de sa naissance, un matin glacial où le ciel était de couleur acier, *te souviens-tu*? La chambre de la maternité dominait les toits de la ville sous le vent. Au loin, des cheminées d'usine crachaient des fumées épaisses transies par le froid. Sarah a poussé une dernière fois, et Lou est apparue, les yeux grands ouverts, plantés dans les miens tandis que l'infirmière la déposait sur le ventre de Sarah. Et dans le sang que l'on épongeait, sur la chair que l'on recousait, je m'étais juré de ne jamais les abandonner. Devant l'hôpital ce matin-là, dans l'aube glaciale où j'apprenais par téléphone la bonne nouvelle à notre famille, je n'avais jamais ressenti autant de chaleur et de vie. Comment mon grand-père avait-il pu se soustraire à ce bonheur? Si les grands chagrins rendent aveugles, quel avait-été le sien? La question me taraudait, blanchissait mes nuits.

Mardi. Lou la magicienne, ma petite enchanteresse, a un pouvoir qu'elle ignore. Celui de me sauver la vie sans rien faire d'autre que d'exister! Un jour, nous partirons tous les deux et nous nous retrouverons.

22

Eugénie m'avait suggéré de repeindre toute la maison pour me réapproprier l'espace et effacer les images renvoyées par les murs. Retoucher la parure de mes souvenirs lui semblait essentiel dans le processus de reconstruction. Alors, j'ai habillé ma chambre des photos de mon grand-père, constituant ce que j'appelais *l'affaire cubaine*. La mosaïque formée par cet assemblage se propageait sur les murs de la maison. Le mystère de Matanzas prenait corps et il m'attirait à lui pour exister à nouveau, pour se greffer à mon quotidien et sortir du temps et du coffre où il avait été enfermé. J'ai longuement regardé les photos en noir et blanc, et l'homme creux s'est dressé devant moi. Il ne l'a peut-être jamais su, mais mon grand-père avait du talent. À travers ses clichés, il dévoilait une vision du monde où les paysages et les objets, les architectures et les reliefs prenaient la place centrale et posaient le décor à des humains en retrait, souvent seuls, n'étant là que pour le mouvement et la vie qu'ils suggéraient. Des journées entières, je les ai regardées me raconter ses petites histoires, des récits éphémères. Même disposées de façon aléatoire, les photos s'harmonisaient les unes avec les autres et me transportaient à bord de sa voiture sur les routes où il égrainait sa solitude. Peut-être que Rémy Vialens n'avait pas porté son analyse aussi loin et n'avait jamais rien vu d'autre dans ces images qu'un instant saisi par un mécanisme sophistiqué et bien huilé? Peut-être ne photographiait-il que par instinct le charme d'une couleur, la chaleur d'une lumière, la grâce d'un mouvement? Y voyait-il des fragments de moments banals immortalisés par accident? Peu importe, l'œuvre était touchante. Je ne savais dire si c'était le mystère évoqué ou bien l'époque ressuscitée, mais elle avait un sens à mes yeux. Elle m'inspirait, me redonnait espoir et révélait la plus belle part de cet homme dont le passage sur terre avait laissé peu de traces. Une fenêtre s'ouvrait sur un recoin insondable de son esprit où les mots n'avaient pas trouvé de place. Ces photos parlaient de lui mieux que quiconque n'aurait pu le faire. J'avais sous les yeux son héritage auquel il m'appartenait d'accorder une valeur.

J'ignorais la véritable identité de mon grand-père, mis à part le père absent, l'homme effacé n'ayant pas accordé suffisamment de confiance à sa famille pour s'ouvrir à elle, mais je comprenais qu'il avait aussi été ce photographe présent à sa façon dans son époque. Son interprétation du monde illustrée par ses photos avait un sens à mes yeux. J'acceptais que cet aspect de sa personnalité me soit révélé de cette façon, sans aucune autre forme d'explication. J'étais prêt à écouter ce qu'il avait à me dire et à accepter que ce sang dans mes veines, celui de Lou, fusse aussi le sien. Il était ma préhistoire et ses photos les artéfacts mis au jour.

Les unes après les autres, j'avais disposé les photos sur les autres murs de ma maison quand il n'y avait plus eu assez de place sur ceux de ma chambre. L'esprit de mon grand-père avait pris possession des lieux. Je lui avais donné la place laissée vacante de son vivant pour bâtir le temple où il apporterait sa propre lumière. Son absence résonnait et donnait corps à son image, une tâche de lumière dans la pénombre, une voix usée par la cigarette. L'homme empaillé remplissait l'espace. Et c'est en passant par

Cuba que je pouvais tenter de le rejoindre ou, du moins, de me rapprocher de lui et de le laisser jouer son rôle de grand-père avec des mots pour me consoler.

Pendant des semaines, je n'ai ouvert la maison à personne. On m'aurait pris pour un fou ou en pitié, sans comprendre que c'était ma rémission que je cherchais à travers cette quête. Seule Eugénie y eut accès, le temps de nos rencontres nocturnes. Elle y voyait le reflet de sa propre douleur, interdite et secrète, dans mon entreprise désespérée de remonter le temps à la recherche d'un mort ayant si peu vécu.

Parmi les centaines de photos, aucune ne représentait sa femme ni même ses enfants. Le monde qu'il avait décrit provenait d'une vie dans laquelle sa famille n'existait pas. Qu'avait-il cherché à préserver? Rien sur ces clichés n'évoquait une vie parallèle dans laquelle une autre femme ou d'autres enfants existaient. Il s'agissait à mes yeux d'instants sans aucun lien les uns avec les autres, mais inscrits dans une logique, dans une existence séquencée, volontairement désincarnée. Dans quelle autre vie la main qui avait écrit les poèmes le rejoignait-elle? L'avait-il aimé autant que j'avais aimé Sarah? Lui avait-il fait autant de mal en la laissant partir? Sur la première photo épinglée sur le mur de ma chambre, celle où il apparaissait dans la vitrine d'un magasin, était-ce la silhouette d'un homme marchant dans la rue derrière lui qu'il avait voulu capter, ou bien la façade de l'immeuble d'en face partiellement cachée par l'inconnu? L'avait-il remarqué au moment de prendre la photo? Avait-il vu le jeu de reflets et la confusion qu'ils suscitaient? L'idée d'une vie superposée, hors de tout contrôle, s'inscrivait au fil des jours et m'intriguait. Sur combien de photos prises par des anonymes j'apparaissais moi aussi? Combien de fois avais-je été capturé par un objectif inconnu, comme l'homme dans la vitrine, pour des tableaux où la fortune avait voulu m'inclure? Dans combien d'albums et de tiroirs des parties de mon anatomie avaient-elles été rangées? Toutes ces photos de moi existant quelque part représentaient-elles une vie plus cohérente que la mienne, une version plus accomplie? On ne montre pas ses états d'âme sur une photo. On sourit pour la pause, on fait semblant. Sur les clichés où j'avais été inclus malgré moi, j'arborais sûrement un air plus proche de mes émotions puisqu'épuré du regard de l'autre. Cette vie jumelle, éparpillée, était à l'image de ce que je recherchais vraiment, c'est à dire une représentation de moi plus acceptable.

Sur les photos de mon grand-père, tout semblait parfaitement à sa place, en harmonie, y compris les inconnus qu'il y avait invités. Et grâce à son savoir-faire, ils me semblaient plus familiers que ces aïeux rangés dans les boîtes de photos chez ma grand-mère. En prenant toute la place sur mes murs, elles redonnaient de la vie à l'espace imprégné d'une douleur conquérante. Je passais mes journées à les changer de place, à remanier le scénario des histoires racontées et je leur prêtais des dialogues inscrits dans des bulles imaginaires aux murmures inaudibles. Ces images en noir et blanc ont mis plus de vie et de couleur dans ma maison qu'il n'y en avait eu depuis le départ de Sarah. Mon grand-père dont l'existence n'était concrète à mes yeux jusque-là que par la présence de son nom sur l'arbre généalogique familial prenait une dimension jamais atteinte de son vivant. L'homme derrière son Minolta trahi par le reflet de la vitrine avait finalement élu domicile entre les murs de ma maison et habitait l'espace abandonné par Sarah. Un fantôme en avait chassé un autre et, parfois, le soir, lorsque j'étais confronté à ma solitude, je me surprenais à lui parler.

-Tu as raison Jules, son univers était cohérent. Il donne envie de s'y promener. D'arrêter sa voiture au bord de la route et de continuer à pieds. Eugénie marchait nue dans la maison, une ondine impudique à l'appétit rassasié après l'amour. Les yeux plongés dans les photos de Rémy, elle glissait d'une pièce à l'autre, envoûtée.

J'ai déposé le drap autour de ses épaules et ma main sur sa joue. Le moment était simple. J'ai regardé avec elle les images s'animer sur les murs et prendre vie. Ni elle ni moi ne nous en sommes étonnés. Nous voulions y croire.

-La foi est une force jamais aussi puissante que lorsqu'elle est partagée, m'avait dit Eugénie. On a construit tout un univers selon ce principe. Avec l'index et le majeur, elle marchait sur la mosaïque d'une photo à l'autre, sur les chemins traversant les paysages, sur l'eau d'un lac algonquin et plongeait dans les nuages qui s'y reflétaient. Avec le pouce, elle a essuyé des larmes fictives sur un visage, replacé une mèche de cheveux sur un autre et caressé mes lèvres avant de les embrasser.

-Un jour, tu la laisseras partir. Il ne faut pas aimer ce qui nous retient, mais ce qui nous attire.

Eugénie a posé sa main sur mon ventre nu.

-Il n'y a que toi ici et maintenant. Toi qui te cherches et toi qui pleures. À force de retenir ce qui n'est déjà plus là, tu vas t'épuiser et tomber.

Fallait-il que je retrouve l'homme empaillé pour laisser partir Sarah, pour que le vide se laisse apprivoiser? Si l'amour rend aveugle, le chagrin aussi. Tout disparait derrière. On passe devant les autres sans les voir, au travers d'eux, sans s'excuser. Eugénie a posé son index sur ma cicatrice. Avec l'œil bienveillant d'une mère sur son enfant, elle a inspecté la plaie et constaté la guérison.

- Ça te donne du charme cette cicatrice. Cette coupure ressemble à une ligne d'horizon où ton œil se couche.

Elle m'a pris par la main jusqu'à ma chambre, m'a couché, puis bordé avant de partir sans faire de bruit.

23

Après avoir réservé mon vol et une semaine dans un tout-inclus à Varadero, la ville la plus proche de Matanzas, j'ai essayé de texter Sarah. Mais je recherchais dans mes mots une perfection illusoire quand les émotions décrites ne sont plus partagées. Il me semblait que son image s'éloignait à mesure que celle de Rémy se rapprochait, comme si les deux ne pouvaient pas cohabiter.

Je l'ai prévenue de mon séjour à Cuba sans évoquer le but du voyage. Elle y a sûrement vu le signe d'une amélioration et d'une prise en mains, et m'a souhaité de me reposer et de bien en profiter. Ça ne lui posait pas de problème de garder Lou avec elle, je pouvais partir l'esprit tranquille. Elle avait conclu son message avec des émojis de cocktails, de soleil et de mer.

Lou m'en voulait, c'était évident, et elle s'imaginait que j'y allais pour picoler loin des regards au lieu de passer du temps avec elle. Elle ignorait que chaque jour sans elle depuis la séparation l'avait été pour lui épargner mon chagrin. Je misais sur son pardon, sur les souvenirs d'avant, quand je la prenais par les mains pour la faire tourner, ses yeux dans les miens, riant jusqu'à en perdre le souffle. Si elle avait su, mon petit Lou, que j'aurais cousu sa peau à la mienne si je l'avais pu! Alors, je lui ai écrit les vers d'Apollinaire qui nous avaient convaincus de lui attribuer le prénom auquel le poète avait consacré tout un recueil. En l'embrassant tendrement le soir, tous deux penchés sur elle, au-dessus de son lit, pendant ces années heureuses où nous avions été une famille, Sarah, notre p'tit Lou et moi, les mots nous avaient enveloppés :…*Je rêve aux baisers qui demeurent toujours.*

24

Mardi. Il y a des photos qui ne reflètent jamais ce que nos yeux nous renvoient, la petite magie qui n'existe que dans l'instantané du réel. Les plus beaux souvenirs se font ainsi et la mémoire en dispose sans en rendre compte. On ne fixe pas une émotion, Sarah! On raconte une histoire. Celle qui nous arrange. À partir de quand la nôtre n'a plus été écrite à quatre mains?

La photo de Sarah et de son frère sur le mur du salon chez ses parents était de celle dont la magie transparait sans pouvoir vraiment en exprimer la vraie dimension à ceux qui la regardent. Les deux enfants dans l'action saisie ne réalisent pas ce qu'ils projettent ni ce que l'objectif veut capturer. Et pourtant, sans en avoir été le témoin et sans être en mesure de lui donner la même importance attribuée par Sarah et ses parents, j'avais pu en sentir la grâce dès le premier coup d'œil. La photo m'avait touché et j'aurais pu, moi aussi, si j'avais eu à faire le choix parmi toutes celles extraites de leur enfance, désigner celle-ci en noir et blanc comme étant la plus lumineuse et la plus représentative d'une époque dorée. Je lui aurais donné la même place sur le mur du salon où étaient fixés les principaux chapitres de leur histoire familiale.

Cette photo ramenait Sarah dans la maison de son enfance, quand les jours étaient longs, quand elle avait hâte d'être enfin une adulte où l'on imagine la liberté comme une ivresse permanente.

Elle habitait une rue bordée d'imposants pots de fleurs en béton garnis de Yuccas que j'ai confondus avec des oiseaux du paradis la première fois que je l'ai raccompagnée chez elle. La rue était éclairée d'une lumière chaude, et l'automne habillait de couleurs les arbres moribonds comme l'on maquille le mort avant l'exposition du corps. Le jour où elle est son frère avaient été photographiés devant la maison, les feuilles pourpres arrachées par le vent recouvraient le sol. Ils en avaient fait un tas pour y plonger en criant de joie. L'essence même de l'enfance, l'insouciance ancrée dans leurs yeux émerveillés par les couleurs avaient été immortalisées.

Celle de mon grand-père portée par un chevalet devant son cercueil avait ensuite était fixée au mur de son bureau, ma grand-mère ne lui ayant pas trouvé de place dans le salon, l'endroit pourtant où elle passait l'essentiel de sa vie. Elle lui avait redonné celle occupée de son vivant, en marge des autres, seul au milieu d'un espace secondaire de la maison, au milieu d'animaux figés dans leur mort. Mon père l'avait décrochée lors du déménagement, puis rangée dans un carton avec les autres cadres de photos et je ne savais pas si, un jour, il aurait la force de l'en faire ressortir sans le pardon qui ne viendrait jamais.

25

La veille de mon départ pour Cuba, je suis allé chercher Lou chez Sarah. J'avais réussi à la convaincre de passer la soirée avec moi, non sans avoir insisté. Elle m'en voulait de ne pas être fort, de ne plus occuper ma place, d'avoir glissé dans l'ombre du monde. Depuis plusieurs mois, elle ne vivait plus avec moi. On ne se voyait que de temps en temps, malgré l'entente de garde partagée et je n'étais plus capable d'entrer dans sa chambre vide où son odeur avait disparu dans l'immobilité.

Elle m'attendait sur le perron de leur appartement, des écouteurs sur les oreilles et son téléphone dans les mains. En connexion directe avec le monde en réseaux, je n'y occupais plus que les lisières. À mon arrivée, elle s'est dirigée vers la voiture en trainant des pieds. Elle ne m'a pas souri et elle s'est fermée davantage en rentrant dans l'auto. À la fenêtre de l'appartement, Sarah nous a fait un petit signe de la main. Je lui ai souri, mais déjà elle s'affairait à autre chose.

On a fait un tour de voiture ensemble sur les routes en plein dégel défoncées par les dix-huit roues de la carrière de sable avoisinante. Ça faisait un bail que je n'avais pas roulé pour rouler sans penser à rien d'autre qu'au paysage qui défilait. Lou ne disait rien. Elle avait éteint son téléphone à ma demande et elle regardait de son côté pour bien me manifester sa rancune et son manque d'enthousiasme. Elle a allumé la radio pour meubler le silence. Je l'ai regardé du coin de l'œil, et elle a laissé tomber ses cheveux devant son visage pour en cacher l'expression. Sarah faisait la même chose quand nous nous disputions. Lou devenait une adolescente avec qui il était de plus en plus difficile de communiquer, et ça me terrorisait. Quand elle était petite et que nous étions si complices, j'anticipais déjà le moment où je ne serais plus le seul homme de sa vie, quand l'enfance aurait filé en douce avec une partie de mon cœur au fond de la poche. Mais jamais je n'aurais imaginé ce fossé entre nous nécessaire pourtant à son envol. Nous étions rendus là, à la frontière de l'adolescence où notre rupture l'avait précipitée. Elle avait grandi trop vite cette dernière année, exposée avant l'heure au monde des adultes. Elle n'y était pas prête, elle qui avait longtemps cru au merveilleux présent dans le monde des enfants. Elle m'en voulait de l'avoir arrachée à la douceur de son univers et n'avait que faire de nos excuses. Comment justifier que maman en aimait un autre et que papa ne lui avait pas assez dit je t'aime pour la retenir. C'était un charabia indigeste pour elle. Lou voulait quelque chose qui ne reviendrait pas. Mes yeux de cocker maltraité lui faisaient horreur, et l'indifférence de sa mère envers moi faisait grandir en elle une colère qui éclaterait un jour et nous éclabousserait d'un acide corrosif et puissant. Elle ne se jetterait plus dans nos bras et garderait ses « je t'aime », et cela serait bien pire que tout ce que nous avions vécu jusqu'à présent. Mon p'tit Lou ne voudrait plus de mes chansons le soir avant de dormir, de nos séances de télé collé, et moi je n'aurais plus le droit de lui montrer la peine que ça me ferait. La sentence approchait et l'adolescence de Lou en serait l'échafaud. Je me suis empêché de pleurer, car elle aurait été capable de descendre de la voiture en marche et de rentrer chez Sarah à pieds en la suppliant de ne plus me voir.

J'ai passé ma main dans ses cheveux, et elle n'a pas osé se soustraire à cette marque d'affection. On a roulé pendant plus d'une heure sans rien dire à travers une campagne à nouveau sous le verglas où le ciel se reflétait en dédoublant l'horizon. Elle n'a pas desserré les dents jusqu'à ce que l'on passe devant la maison où elle avait vécu les premiers mois de sa vie.

- On n'aurait jamais dû partir d'ici. Vous ne vous seriez jamais séparés maman et toi, et on serait encore heureux tous les trois, avait-elle dit avec dureté.

-Tu crois? Tu penses que notre bonheur ne pouvait se transporter dans une autre maison?

Son œil noir s'est animé d'une colère sourde. Et puis elle a rajouté un truc qui a eu le même effet que si elle m'avait arraché le cœur pour le jeter par la fenêtre.

-Moi en tout cas, je ne me séparerai jamais. Je ne ferai jamais ça à mes enfants.

J'ai encaissé. Il n'y avait rien d'autre à faire, et aucune explication ne l'aurait consolé. Je n'en avais aucune à lui fournir de toute façon.

- Je l'espère aussi, mon Lou.

Nous avons mangé ensemble dans son restaurant préféré près d'un couple improbable que plusieurs décennies séparaient, mais dont j'enviais le bonheur émanant. Lou a chipoté dans son assiette, et une bonne partie de sa pizza est restée intacte. Je n'avais pas très faim moi non plus. L'appétit n'était jamais revenu depuis le départ de Sarah. Les médicaments, l'alcool et la clope suffisaient à nourrir mon corps devenu noueux. On est reparti avec les trois quarts de notre repas, et Lou a voulu passer par la maison avant de rentrer chez sa mère. J'ai essayé de l'en dissuader en pensant à sa réaction devant les photos placardées sur les murs, mais elle avait absolument besoin de son manuel de maths pour l'école. Je l'ai prévenue du désordre qui m'avait un peu dépassé, je l'avouais, en précisant que c'était l'affaire de quelques jours. Elle a remarqué la panique dans mes yeux, mais je ne savais pas comment l'empêcher de rentrer dans sa maison sans qu'elle ne trouve ça bizarre.

-C'est le foutoir, tu sais. Je suis un peu débordé en ce moment...La fatigue, et tout...

À peine le seuil de la porte franchi, elle s'est arrêtée net. J'ai bégayé que j'allais tout ranger, mais qu'il fallait que je trouve un moyen d'ordonner tout ça. Lou n'a pas bougé. Ses yeux ont roulé d'un mur à l'autre, effarés par le chaos de la maison.

-Sérieusement?

Chaque pan de mur était recouvert de photos, du plancher au plafond. Lou a traversé la maison d'un pas lent, la rage au corps. Elle s'est dirigée vers sa chambre, a fait claquer quelques tiroirs, puis elle est ressortie avec ses affaires et s'est dirigée vers la porte comme une furie. Elle s'est arrêtée devant une photo pour essayer de comprendre quelque chose à tout ça, mais elle n'a vu que des paysages en noir et blanc et des inconnus sans intérêt. Elle est allée m'attendre dans la voiture et j'ai compris qu'elle ne resterait pas une seconde de plus en ma compagnie.

-Ne dis rien à ta mère, s'il te plait, Lou! Lou?

-Papa, fais quelque chose, ça ne peut plus durer! Ça n'a pas de bon sens…

Elle m'a fixé sans plus rien dire, et je l'ai ramenée chez Sarah. Elle est sortie de la voiture sans se retourner.

De retour chez moi, j'ai écrit à l'agent des assurances chargé de mon dossier pour l'aviser de mon séjour à l'étranger, lui précisant que ce repos me permettrait d'envisager un retour au travail très prochainement, et elle m'a répondu qu'elle informerait mon employeur de notre future entente.

Avant de me coucher je suis allé copier le lien de notre chanson du soir sur Youtube et je l'ai envoyé à Lou, même si elle m'était adressée.

Mon carnet bleu était déposé sur le lit. Je l'ai feuilleté, relisant quelques lignes au hasard. Il ne restait plus beaucoup de pages blanches. Chaque mot à venir ne pouvait être superflu.

Dimanche. Quand tu es partie, tu as réagi comme un animal sauvage face au futur que je te suppliais de considérer. Tu m'as refusé l'accès à ton corps et à ton coeur de façon définitive. J'ai souvent pensé que nous ne pouvions rien y faire l'un et l'autre, que combattre le destin, c'était se débattre, remuer les bras en pensant s'envoler.

26

À la fin du mois d'avril, sur la presqu'ile de Varadero, les touristes se faisaient plus rares dans les hôtels agglomérés sur la côte comme des grappes de verrues sur une voute plantaire. Depuis ma chambre au huitième étage, j'avais vue sur la plage et sur les nuages chargés d'humidité qui provenaient de l'Atlantique. Là-bas, tout était au ralenti. La chaleur accablante contrastait avec la fin de l'hiver montréalais et je suis resté confiné à ma chambre les deux premiers jours. Je me suis simplement permis des excursions, le soir, au bar de l'hôtel, pour ingurgiter une grande quantité de *Rhum and coke*. Roger, le barman septuagénaire me servait avec le sourire, appliqué comme un enfant qui ne veut pas dépasser quand il colorie.

Sur le bord de la piscine, dans un coin discret où je ne risquais pas d'être pris pour cible par des animateurs zélés, je me suis terré derrière mes lunettes de soleil et un gigantesque pot de fleurs. Après quelques verres et un faux Cohiba, je me suis détendu. Je n'ai pas mis les pieds sur la plage où des vagues impressionnantes étaient précipitées par le vent. La mer, même invisible, grondait pour rappeler sa présence et géolocaliser ma fuite.

Le lendemain, un groupe de Russes a débarqué avec fracas et n'a pas tardé à se faire remarquer par ses cris dans la piscine prise d'assaut et leur attitude débridée dans les discothèques. Le groupe d'hommes passait la soirée dans les bras de filles agglutinées autour de leurs liasses de dollars. La nature de ce groupe assez hétérogène en âge était singulière. Difficile de dire s'il s'agissait de copains, de cousins, de membres d'une équipe sportive quelconque ou de collègues de travail. Mais à voir le cash déversé partout sans compter, les touristes de l'hôtel avaient opté unanimement pour une origine mafieuse. Ils étaient là pour en découdre avec le rhum et les filles, les deux objectifs prioritaires de leur séjour. Ils avaient le corps bardé de tatouages de femmes nues et d'inscriptions en alphabet cyrillique où il devait être question de leur maman et de dictons menaçants. Certains avaient des cicatrices d'appendicectomie bâclées, d'autres plus épaisses sur le crâne et le visage comme les vestiges d'un passé tumultueux où le respect se compte en points de sutures. Le deuxième soir après leur arrivée, le gérant de l'hôtel avait dû les avertir timidement de se calmer. Ils avaient répondu à coups de dollars enfournés dans sa poche et de rires retentissants à travers leurs dents qui n'avaient jamais bénéficié d'orthodontie. Mais ces quelques jours de vacances au soleil s'écouleraient à leur façon, n'en déplaise aux touristes excédés et aux locaux indignés. Le troisième soir, je me suis joint à leur groupe malgré moi quand l'un d'eux a insisté pour que je m'assoie à leur table, considérant peut-être que ma cicatrice sur le visage que le soleil avait fait ressortir me méritait quelques verres. Ils ne parlaient pas un mot d'anglais et nous avions passé la soirée à tenter de communiquer par des gestes. C'était assez surréaliste, et finalement, chacune des phrases se terminait par un toast que nous portions en vidant nos verres avant de les frapper bruyamment sur la table. Ils éructaient sans gêne et gueulaient à Roger de nous resservir, parce qu'après tout, ils n'allaient pas non plus se lever aux deux minutes pour faire remplir leurs verres. Le vieux Roger courait partout en plus de tenir le bar où le reste des touristes attendait patiemment son tour. Il pensait aux pourboires destinés à assurer un meilleur avenir à ses petits-enfants, et pourquoi pas en Floride où son cousin Ernesto vivait depuis plus de 30 ans. Les Russes avaient la réputation d'être généreux quand ils étaient bien servis. En sueur, essoufflé, Roger me donnait l'impression qu'il ne tiendrait pas le rythme et qu'il s'effondrerait au milieu des tables.

J'ai terminé la soirée en vomissant derrière le pot de fleurs, incapable de soutenir la cadence qu'ils m'avaient imposée. Cela avait bien fait rire les Russes et ils étaient partis en discothèque à la recherche de corps jeunes et halés dont on leur avait vanté les délices depuis la banlieue de Vladivostok, au fin fond de la Sibérie. Deux jours après leur arrivée, plus personne ne pouvait les supporter, mais ils inspiraient une peur réelle portée par la violence gratuite et alcoolisée des capsules vidéos visionnées des millions de fois sur Youtube. Comment avaient-ils gagné ces dollars qu'ils ne ramassaient pas quand ils en échappaient? Personne ne le savait, mais tout le monde s'imaginait le pire sans aucun mal.

Sur la plage, le lendemain, le souvenir de notre voyage avec Sarah est réapparu. On en avait gardé les images quelque part dans un album photo, mais tout le reste, plus difficile à raconter ou à décrire, avait resurgi. Peut-être que le bruit des palmiers la nuit sous la pluie ou encore la sensation du sable tiède sous les pieds un matin, peut-être que tout ce qui en avait fait le décor a repris vie trois ans plus tard et a réanimé le couple que nous étions, l'espoir que nous portions encore et qui avait voilé l'issue déjà inscrite dans notre histoire à ce moment-là.

J'ai retrouvé le goût de sa peau une après-midi où nous avions fait l'amour dans le grand lit de notre chambre, de l'odeur des draps imprégnés de sueur, de crème solaire et de sel. J'ai ressenti le vent sur nos visages quand le scooter nous avait transporté d'un bout à l'autre de la péninsule, les bras de Sarah autour de ma poitrine et sa joue appuyée sur mon dos. Je me suis souvenu de la couleur de sa peau sous le soleil et de ses yeux surtout dont l'iris irradié de lumière avait avalé la pupille.

Où avait commencé le mensonge et dans lequel de nos deux cœurs avait-il pris naissance?

J'ai texté à Eugénie que je m'ennuyais de sa chaleur, même sous le soleil haut perché. J'avais besoin de sa main de nymphe posée sur mon visage dans le noir après l'amour et de ses doigts sur mes lèvres. Elle m'avait dit un soir, avant mon départ, le besoin de ralentir les jours qui lui glissaient entre les doigts. Elle avait comparé sa vie à des gouttes de mercure insaisissables échappées d'un thermomètre brisé. La promesse d'être touchée par d'autres mains l'avait guidée jusqu'à moi pour sentir sa peau se retourner à nouveau et sa respiration se caler sur les battements de son cœur.

- Et toi beau garçon, pourquoi es-tu si gentil avec moi? Pourquoi je me sens belle dans tes bras, même s'ils cherchent le souvenir d'une autre?

Eugénie avait en elle la poésie des filles du nord où les forêts immenses exhalent le musc sous les aurores boréales. L'urgence de saisir les beaux jours avant le retour des nuits polaires scintillait dans son œil. Mes doigts couraient sur les contours de son visage et écrivaient une histoire, tissaient un fil où nous marchions, funambules, entre nos deux crêtes, nos solitudes parallèles. Elle s'endormait comme une flamme qui s'éteint en emportant la nuit et ses secrets. Je la regardais dormir au rythme de sa respiration, métronome d'une ritournelle émouvante.

Les grondements de la mer retentissaient-ils jusque dans les forêts nordiques?

-Tu as sûrement mieux à faire que de perdre ton temps à me texter. Allez, profite donc un peu de ton séjour.

- T'arrive-t-il parfois de vivre des instants parfaits? Le sait-on quand on a vécu les plus beaux moments de sa vie?

Je n'avais pas besoin de réponse. Entre nous, la poésie résidait dans le silence ponctué par le frottement de nos peaux en fusion.

27

L'autobus reliait Varadero à Matanzas et déposait les voyageurs à quelques pas d'un marché de quartier où les touristes se mêlaient à la population locale, les uns cherchant de l'exotisme à ramener dans leurs valises, les autres poursuivant un quotidien où il fallait respecter le budget pour nourrir toute la famille. Le contraste était choquant quand la précarité côtoyait l'abondance.

La foule s'animait autour des fruits et légumes sur les étals et des quartiers de bœuf suspendus à des crochets au-dessus des cages de poulets destinés à être saignés sous le soleil. L'odeur de viande écoeurante faisait saliver les chiens tapis aux alentours, les côtes saillantes et le poil pelé. Quand ils s'approchaient de trop près, ils recevaient des coups de pieds dans les flancs et filaient en couinant sous le regard indigné des touristes pour qui les animaux avaient plus de valeur que bien des gens sur cette île.

Je me suis promené des heures dans les ruelles de ce quartier où les touristes n'osaient pas s'aventurer, confinés sur la place principale et ses cafés pour vacanciers. Plus je m'enfonçais dans la ville et plus le temps s'arrêtait. J'étais passé de l'autre côté du miroir, là où l'embargo se vivait au quotidien, où la réalité bucolique n'était plus exploitée, mais vécue. Ça sentait la mer et le sucre des fleurs d'hibiscus. Lors de notre voyage, Sarah et moi avions fait une excursion comme celle-ci en autobus à La Havane. On avait déambulé dans les marchés d'artisanat avant de se photographier sur la place de la Révolution devant les portraits de Che Guevara et les slogans révolutionnaires exhibés à outrance pour rappeler le passé glorieux et couteux des habitants de l'île accrochés encore à son héroïsme. La même odeur entêtante embaumait les rues.

Nous nous étions perdus dans le dédale des ruelles hypnotiques. On avait pénétré un quartier populaire où le nom des rues n'était inscrit nulle part. Les habitants nous regardaient comme des étrangers débarqués dans leur arrière-cour sans y avoir été conviés. Sarah me tenait la main, et je devinais le reproche à la raideur de ses doigts. Ma curiosité nous avait sorti du parcours touristique proposé par le forfait de l'hôtel et poussé vers l'inconfort des terres inconnues. Des hurlements épouvantables d'un cochon étaient parvenus jusqu'à nous depuis la cour d'une petite maison ouverte sur la rue. Un groupe de personnes s'activait autour d'une table où l'on avait disposé des couteaux, des scies à viande, des seaux et des linges blancs. Le cochon pendu par les pattes arrière à un crochet fixé au mur se débattait bruyamment en sentant la mort approcher. Nous nous étions avancés pour demander notre chemin et nous avions assisté à l'égorgement de la bête. Le sang avait coulé de sa bouche et de sa gorge en un flot abondant et poisseux. Deux hommes l'avaient maintenu jusqu'à ce qu'il ne bouge plus du tout tandis qu'une femme avait recueilli son sang dans un récipient. Elle y avait plongé une louche avant de la porter à sa bouche pour en boire une large gorgée. Puis tous les autres autour d'elle l'avaient imitée. Les enfants jouaient à leurs pieds et pataugeaient dans la flaque de sang chaud mélangée à la poussière. Sarah n'avait pu s'empêcher d'avoir un haut-le-cœur. Un dégoût profond avait déformé son visage, et elle avait retiré sa main de la mienne pour la porter à sa bouche. Au fond, elle aurait voulu que je l'emmène loin de là, que je lui épargne cette mise à mort par des êtres aux dents rouges s'abreuvant de sang encore chaud. Pendant des mois, les enfants au corps souillé et les hurlements du cochon réapparaissaient chaque nuit et avaient amené Sarah au bord de l'épuisement, dans le même état où je l'avais trouvée lors de notre rencontre. Je n'avais pas su lui épargner ce spectacle macabre, et son ressentiment, sans jamais me l'avouer, y avait pris racine et se nourrissait à même notre quotidien déjà abimé. Elle avait évoqué la fatigue, le surmenage et je m'étais contenté de ça. Quand sa main avait glissé de la mienne, son amour pour moi s'était détaché de son ancrage. Le premier pas vers notre rupture avait été franchi alors que nous avions rebroussé chemin pour rejoindre le groupe au point de rencontre. Nous n'avions pas échangé un seul mot durant tout le trajet du retour à bord de l'autobus malmené par les écueils de la route sinueuse. Sarah avait collé son visage sur la vitre de l'autobus, et une fois à l'hôtel, elle était montée se coucher sans se déshabiller. Cette nuit-là, je l'avais entendue pleurer dans la salle de bain. Je n'avais trouvé ni le courage ni les mots pour la consoler. J'avais eu peur de ce qu'elle aurait pu m'avouer. J'avais déjà échoué et tout ce que nous ferions alors, durant le séjour, serait terni par ce que nous avions vu dans cette ruelle. L'odeur du sang serait à jamais associée à ce voyage.

L'un et l'autre nous avions enterré cet épisode quelque part dès notre retour et jamais nous en avions reparlé. Les ruelles de Matanzas avaient exhumé ce souvenir, et j'aurais donné tout ce que je possède pour tenir la main de Sarah, pour l'amener loin, et faire ce que j'aurais dû faire à l'époque.

Je me suis rendu sans difficulté au 17 de la rue Milanès grâce au GPS de mon téléphone. La maison était presque identique à la photo trouvée dans le coffre de la banque. Près de 70 ans s'étaient écoulés depuis, et c'était comme s'il s'agissait de quelques jours. Il y avait quelque chose de réconfortant dans l'immuabilité des lieux, dans ce pied de nez au temps qui passe. Les volets étaient clos. La glycine avait disparu, mais il me semblait qu'à tout moment quelqu'un allait sortir de la maison pour s'assoir sur la chaise à côté d'un cendrier sur pied débordant de mégots. Le soleil écrasait la rue déserte en ce début d'après-midi. J'ai frappé à la porte de la maison. Une femme est venue m'ouvrir avec un regard étonné. D'habitude, les touristes ne s'aventuraient pas jusque-là et entraient encore moins en contact avec les habitants. J'ai tenté de lui expliquer que je recherchais un certain Ricardo Suarez. J'ai parlé avec les mains comme je le faisais avec les Russes, glissant çà et là les restes de mes cours d'espagnol du Cégep. Elle n'a pas semblé comprendre et elle s'est excusée en refermant la porte sur quelques paires d'yeux d'enfants interloqués. De toute évidence, il serait laborieux d'apprendre quoi que ce soit sur mon grand-père et son passage à Cuba.

Je suis rentré à l'hôtel un peu dépité et décidé à faire compétition aux Russes. Et ce soir-là, dans le fond des verres que je vidais, je m'étais imaginé mon grand-père dans les rues de la ville, il y a longtemps. Il souriait comme sur la photo devant le café *El sol*. Il était beau, et j'étais fier de me trouver des airs de ressemblance.

28

Quelques jours avant mon départ pour Cuba, j'ai écrit à Georges Stillman. Sans rentrer dans les détails, je lui ai expliqué que je cherchais à en savoir plus sur la vie de mon grand-père et, notamment, sur la période ayant suivi son retour de Corée. J'espérais qu'il puisse m'en apprendre davantage, me donner des détails peut-être rapportés par d'éventuelles conversations avec son père. Il m'a répondu dans les jours qui ont suivi avec la cordialité et le détachement de l'homme d'affaire face à un client ayant peu à apporter aux intérêts de la banque. Il m'a appris que son père avait été engagé par une importante firme d'avocats à Toronto dès son retour de la guerre. À cette époque, leurs vies avaient pris des trajectoires différentes, et Rémy était parti à Cuba quelques mois pour se payer du bon temps et continuer la vie d'aventure. Il avait été question, lui semblait-il, que son père le suive là-bas s'il n'avait pas décroché cet emploi. Rémy était parti seul, car il ne voulait pas retourner dans son village et mener une existence dont il ne voulait plus. Une fois sorti de la géométrie sans surprise des rangs et des montées, le retour à cette vie était impossible. Quand il a connu ses problèmes avec la justice, il a communiqué avec Edward afin qu'il assure sa défense et lui évite les prisons cubaines. C'était la première expérience sérieuse du jeune avocat, et il n'avait pas eu de mal à convaincre la firme de le laisser partir pour Cuba. Quelle meilleure façon de faire ses preuves et en même temps de démontrer tous ses talents à son employeur? Tout ceci s'était avéré exact, quelques années plus tard, lorsqu'Edward était devenu l'actionnaire principal. Mais de son propre aveu, il n'en savait qu'assez peu sur l'ami de son père qu'il n'avait rencontré qu'à deux reprises. Il était surtout un nom parmi des souvenirs lointains racontés lorsqu'il était enfant. Après le récit concis de ces quelques faits, George Stillman m'a souhaité bonne chance et j'ai senti au ton de sa réponse que je ne devais pas attendre davantage de sa part. Il ne comprenait pas mon besoin de revenir sur les traces de mon grand-père, forcément effacées par le temps, ni l'importance que je lui accordais. J'étais donc parti avec peu d'indices en poche et un maigre espoir de retrouver la trace de Rémy.

J'avais amené dans mes valises les photos et le dossier judiciaire. Je les ai répandus sur le plancher de la chambre. Et plus les jours passaient, plus cette histoire me semblait rattachée à un élément probablement entre les mains de Ricardo Suarez, s'il était encore en vie.

En passant par le bar de l'hôtel où s'activait déjà Roger, j'ai eu l'idée de lui demander de l'aide. Un homme de son âge connaissait sûrement très bien la région et ses habitants. Qui de mieux qu'un local pour me guider dans mon investigation? Peut-être trouverait-il amusant de me suivre sur les traces de mon grand-père. On a parlé ensemble pendant un long moment avant que les Russes ne débarquent encore ivres de la veille et poursuivent leur marathon de beuverie. Après vingt ans de services au bar, Roger parlait très bien l'anglais et le français. Autrefois, il avait aussi été jardinier pour la municipalité de Varadero à l'époque où les touristes commençaient à affluer en masse sur la côte. Et comme beaucoup d'hommes de sa génération, il s'était usé de longues années dans les champs de canne à sucre d'où il était sorti grâce à des contacts, de la chance et beaucoup de volonté. À 70 ans, il travaillait encore malgré la fatigue et le tremblement de ses mains. Cela le peinait beaucoup de le dire, car il aimait cette île viscéralement, mais il espérait voir ses petits-enfants connaitre une meilleure vie que la sienne, même si elle devait se faire ailleurs.

Je lui ai demandé s'il souhaitait me faire visiter un peu la région, et surtout la ville de Matanzas en échange d'une rémunération. J'ai prétexté l'aspect trop formel des visites guidées offertes par l'agence de l'hôtel. Tout au plus avais-je besoin de ses services un jour ou deux. Je m'occuperais de louer une auto, et il serait mon guide et mon interprète. Il n'aurait rien d'autre à faire que de me raconter son pays et me faire découvrir ce qui ne figure pas sur les forfaits touristiques. Roger a accepté sans hésiter, mais la question de l'argent l'avait embarrassé. Il ne travaillait pas le vendredi ni le samedi, ses seuls jours de congé, et il ne pouvait pas cracher sur le revenu supplémentaire que je lui proposais. La perspective de sortir d'un quotidien dont il se sentait esclave le ravissait.

-Ce sera avec grand plaisir monsieur, avec grand plaisir.

Il m'a fait un grand sourire avant de me laisser pour se dédier aux Russes qui allaient l'accaparer une partie de la soirée.

J'ai passé le reste de la journée à essayer d'entrer en contact avec Lou sans obtenir de réponse. La connexion internet de l'hôtel était mauvaise, et elle devait ignorer mes appels en augmentant le volume de sa musique sur ses oreilles. Le chaos de la maison l'avait sûrement effrayée et nourrie d'une rage déjà vive à mon égard. Sa colère était légitime et trahissait son inquiétude d'adolescente déboussolée déjà mise à mal par un ras de marée hormonal. Elle avait toujours eu un papa sportif et enjoué ne rechignant jamais à partager ses jeux et elle faisait face maintenant à un dépressif fossilisé dans son canapé. Rien de plus normal de fuir le chagrin quand on a soif de la vie.

Chacun de mes appels sans réponse me faisait un mal de chien. Je savais qu'elle regardait le téléphone à l'affût de l'apparition de mon visage sur l'écran, mais elle refusait de répondre pour me punir, pour m'inciter à sortir du trou où j'étais tombé. Les rôles s'étaient inversés, et elle tentait de me montrer la voie à emprunter puisque je n'y voyais plus.

La nuit était déjà bien installée quand je suis sorti sur la plage où le vent du large apportait une fraîcheur apaisante sur les peaux rougies. Les Russes y buvaient du rhum à la bouteille, de gros cigares vissés au coin des lèvres en s'ébattant dans les vagues qui s'échouaient à leurs pieds. Ils gueulaient des trucs incompréhensibles et trébuchaient sur des bouteilles vides en riant. Ils avaient passé l'après-midi sous le soleil à s'enivrer avec pour seul souci l'approvisionnement régulier en rhum depuis le bar de l'hôtel. Ils chantaient des airs mélancoliques aux sonorités enfantines et scolaires d'avant la Pérestroïka. Leurs comportements incontrôlables me faisaient penser à un film de Ferreri. Je me demandais si cette attitude insouciante était le résultat de longues années de désillusions et de restrictions dans une société où les fondations s'étaient effondrées et avaient englouti une génération complète, perdue et désorientée lorsqu'elle n'était plus encadrée. Je les enviais. J'enviais leurs rires décomplexés, leur légèreté, leur façon de suivre la direction du vent, de se laisser guider par le sexe, l'alcool et le soleil. Et si ce n'était qu'une apparence, alors j'enviais leurs efforts pour jouer la comédie. Tout semblait glisser sur eux, même la vie rugueuse et ses échardes. Ils m'ont fait signe de les rejoindre pour partager une bouteille de rhum, mais j'ai refusé en continuant de marcher sur la plage à l'endroit où la mer s'infiltre dans le sable et laisse une surface lisse et ferme facilitant la marche. Dans le ciel, un mur de nuages avait absorbé la lueur des étoiles et se dirigeait vers un quart de lune soumise. Petit à petit, le vent s'est levé, et les vagues ont grossi, déferlant plus violemment sur la plage. Les hôtels se succédaient sur le front de mer, et les couples que je croisais se tenaient par la main. Des jeunes jouaient au soccer et d'autres buvaient au son de la musique cubaine en provenance des hôtels. Il m'a fallu plus d'une heure de marche pour trouver un coin tranquille. Je me suis déshabillé et j'ai plongé complètement nu dans les vagues puissantes qui tentaient de me repousser comme si elles ne voulaient pas de moi. J'ai nagé de toutes mes forces, giflé par la houle. Quelques années plus tôt, j'avais voulu me baigner avec Sarah, une nuit comme celle-là, mais elle avait refusé. Je m'étais jeté dans la mer sans elle, malgré ses supplications, estimant que c'était une folie. Je me souviens avoir vu sa silhouette sur la plage éclairée par les lumières de l'hôtel tandis qu'elle ne pouvait pas me voir dans la noirceur de l'océan. Je l'avais entendu crier mon nom, affolée. J'avais souri à mon retour sur la plage parce qu'elle s'en faisait toujours beaucoup plus que de raison. J'ai regardé en direction de la côte illuminée, porté sur le dos des vagues, mais il n'y avait personne pour se soucier de moi. Il ne servait à rien de lutter contre l'inévitable, comme la force de cette mer contre laquelle je devais renoncer et regagner la plage avant qu'il ne soit trop tard.

J'ai texté une partie de la nuit à Eugénie pour lui raconter l'odeur de l'océan, le vent et la nuit. Je lui ai raconté les hibiscus et l'ombre des palétuviers sur la plage.

-Et Rémy?

-Toujours manquant à l'appel!

29

Roger est venu me chercher devant l'hôtel tel que prévu, à huit heures du matin, mais à bord de sa Pontiac Catalina blanche, lourde et majestueuse comme un carrosse. Ça lui faisait plaisir de me promener dans sa voiture, lui qui ne supportait pas les automobiles modernes sans charme ni esthétique. Il aimait le confort modeste de cette immense carcasse de métal piquée par la rouille, l'odeur du vieux cuir et le ronron du moteur.

-Montez Jules! Ma voiture est fatiguée et abimée tout comme moi, mais on peut encore compter sur elle. Avec ses lunettes de soleil et sa casquette blanche il ressemblait à un personnage du film *Buena vista social club*.

Pendant tout le trajet le long de la côte je lui ai parlé de Sarah et de Lou, de ma première visite à Cuba, du Québec et de nos hivers neigeux, de l'odeur d'épinette dans le bois derrière chez moi. Je lui ai raconté ma vie, celle d'avant la séparation. Je n'ai rien dit sur le départ de Sarah ni de la honte face à l'échec. Je lui ai parlé de mon grand-père, de ma volonté de connaitre un homme mort quand j'étais jeune et j'ai enrobé le tout du besoin, ayant atteint le milieu de ma vie, de me rapprocher de mes racines. Il a souri sans détourner les yeux de la route en me félicitant de cet intérêt pour la famille, unique vérité dans la vie que celle du sang coulant dans nos veines. Je lui ai parlé du séjour de mon grand-père sur l'île, à son retour de Corée, et de mon souhait d'éventuellement rencontrer des gens qui l'avaient connu, sachant très bien que les chances étaient minces après toutes ces années.

Nous sommes retournés au 17 de la rue Milanès, et cette fois, la même femme que la veille a ouvert la porte. Elle avait peut-être 30 ans et déjà 4 enfants, des marmots farouches et débraillés. Roger a entamé la conversation en espagnol, expliquant que je recherchais un dénommé Ricardo Suarez ayant habité là et hébergé mon grand-père dont je souhaitais retracer le passé. Rassurée par la présence de Roger, un local au sourire franc, elle est devenue plus volubile. Elle se sentait plus à l'aise, et ses enfants ont commencé à nous tourner autour. Roger me traduisait la conversation au fur et à mesure et, en effet, Ricardo Suarez avait habité cette maison jusqu'en 2005, année où elle et son mari l'avaient rachetée. Devenant aveugle, il était parti vivre chez son neveu à quelques rues de là. Longtemps, elle l'avait vu marcher avec sa canne blanche dans les alentours, puis de moins en moins souvent. Elle nous a donné l'adresse que j'ai immédiatement entrée dans mon téléphone pour la localiser. Mon GPS l'a située à 11 minutes de marche vers le nord. Nous l'avons remerciée, elle nous a souhaité bonne chance et l'on a marché, Roger et moi, à travers des rues où les hibiscus coloriaient les jardins, bousculés par des gamins qui avaient fixé un bout de carton au cadre de la roue arrière de leur bicyclette pour simuler le bruit d'un moteur. Au loin, la mer en toile de fond comme la forêt chez moi transcendait l'horizon.

Nous sommes arrivés devant la porte rouge d'une maison modeste cachée sous l'ombre malingre d'un immense palmier démembré par des tempêtes trop brutales. Roger a frappé à la porte et un homme d'une soixantaine d'années nous a ouvert. Méfiant, il a écouté Roger lui expliquer le motif de notre visite, mais il ne semblait pas comprendre ce qu'on attendait de lui. Jamais personne ne frappait à sa porte, à part le facteur quand sa femme recevait des colis de sa famille au Panama. Il était le neveu de Ricardo Suarez et il nous apprit son décès un an plus tôt, à l'âge de 88 ans. Je n'avais pas eu beaucoup d'espoir de le retrouver vivant, mais j'avais tout de même espéré qu'il me délivre un secret, qu'il apporte des réponses à mes questions. J'y avais cru comme le condamné s'accroche à l'espoir d'une grâce imminente. Naïvement, j'avais espéré que mon grand-père surgirait du passé à travers le récit d'un homme qui avait croisé sa vie 60 ans plus tôt. Quelqu'un qui, finalement, en aurait su davantage que moi, son petit-fils. Mais à nouveau, le découragement a repris l'ascendant sur ma motivation. Qu'y avait-il à découvrir ici? Mon grand-père avait causé la mort accidentellement, voilà tout. À quoi cela me servait de savoir son degré de responsabilité? Aurait-il été plus humain et moins détestable aux yeux de sa famille? Cela n'aurait pas réparé les dégâts causés par son absence. Nous avons discuté ensemble un moment et Augusto, le neveu de Suarez, nous a promis de fouiller dans les affaires de son oncle à la recherche de quelques informations qui pourraient m'être utiles, mais je n'ai pas fondé d'espoirs dans la bonne volonté de cet homme pour qui je ne représentais rien. Roger a vu la déception dans mon regard et il a posé sa main sur mon épaule en signe de compassion. Nous avons quitté Augusto en lui laissant le numéro de téléphone de l'hôtel où il pourrait nous joindre.

Il m'a ensuite proposé de faire un petit tour de ville et il s'est transformé en guide enthousiaste, fier de ses origines. La Catalina s'est faufilée dans les ruelles de la ville, agile comme une murène et Roger m'a transporté dans les moindres recoins du royaume de son enfance. Le moteur s'est mis à ronronner pour ne pas couvrir le son de sa voix, et il a pris plaisir à raconter l'histoire de cette région dont il était natif. La vie n'avait jamais été facile entre les champs de canne à sucre et le bar de l'hôtel mais, pour rien au monde, il n'aurait quitté l'île comme beaucoup de Cubains l'avaient fait depuis 50 ans. S'il souhaitait une meilleure vie à ses petits-enfants, quitte à ce que ce soit aux États-Unis, il espérait que ce soit ici. Il aimait cette baie où sa famille avait toujours vécu. Sa peau noire, celle des Afro-Cubains, il la devait à ses ancêtres esclaves envoyés aux Antilles pour travailler dans les champs de café. Il portait en lui avec fierté ses racines Yorubas du Nigéria dont l'esclavagisme avait façonné son histoire familiale sur cette île. Un de ses ancêtres avait participé à la révolte des esclaves de 1810 et y avait laissé la vie sur une plage de la baie. Le sang des insurgés s'était mêlé à la mer, et certains vieux fous racontaient encore qu'une écume rouge avait pénétré le sable sur tout le pourtour de la baie, une longue estafilade lavée par les vagues pour en atténuer le souvenir sans jamais réussir à l'effacer.

Il souhaitait travailler encore quelques années à l'hôtel, malgré la fatigue et ses mains tremblantes, pour voir le monde à travers les touristes. Roger n'avait jamais voyagé, alors tous ces accents et toutes ces langues, toutes ces cultures le transportaient ailleurs, le temps de quelques cocktails servis le soir au son du Danzon.

Nous avons longé la côte dans le sens inverse jusqu'à l'hôtel, avec le reflet argenté de la mer sous le soleil planté dans le fond de l'oeil. Roger avait fait ce trajet des milliers de fois dans sa vie, et jamais il ne s'était lassé du paysage, jamais il ne s'était ennuyé sur cette route où l'on avançait au pas derrière les charrettes et les convois en tout genre. La route lui avait procuré du temps pour revisiter ses souvenirs, une sorte de bulle rien qu'à lui tapissée d'images et de sensations douces. Avec l'âge, le temps précieux s'écoulait en accéléré.

-C'est sournois, le temps. On a toujours l'impression de l'avoir à l'œil, de bien l'utiliser, et puis un jour, il n'en reste plus assez pour qu'on le retienne.

Selon lui, les choses se faisaient sans que l'on en ait le contrôle et sans pouvoir y apporter d'explications. C'était comme cela et c'était peut-être préférable. Il faisait référence à mon grand-père et, en général, à ce que l'on a trop tendance à appeler des remords.

Je l'ai remercié en lui donnant une enveloppe contenant 200$. Il m'a souri et nous nous sommes donné rendez-vous le lendemain soir au bar de l'hôtel où je devais passer ma dernière soirée

Étalées sur mon lit, la photo de Suarez devant sa maison et celle de mon grand-père adossé à sa Chevrolet prenaient une autre signification. Elles n'étaient plus seulement le portrait d'une époque passée, mais constituaient aussi le chapitre d'une histoire consignée dans plus aucune mémoire désormais. Rémy Vialens avait observé le monde sans s'y inscrire et il avait laissé ici un secret qu'il aurait pu enterrer et ne dévoiler à personne. Au contraire, il avait choisi de le porter toute sa vie en lui laissant une chance de parvenir jusqu'à moi. L'accident aurait pu disparaître avec son passage ici, mais il nous en avait laissé une trace. J'étais trop jeune à sa mort, et personne dans la famille n'avait fait vivre son souvenir. Ces photos laissées en témoignage de son existence en disaient plus qu'il n'en avait jamais laissé savoir à toute autre personne durant sa vie, mais je ne disposais pas des lunettes pour en faire la juste lecture. Et j'ai ressenti l'angoisse de l'inconnu lorsqu'il s'impose comme un visiteur inattendu, et l'adrénaline et les vertiges des montagnes russes. Rémy Vialens était mort depuis 30 ans et il ne m'avait jamais semblé aussi présent dans la vie de quiconque. Il s'appropriait un espace où il réincarnait son propre souvenir. Je l'ai cherché dans les ruelles, à la terrasse des cafés, dans l'ombre des palétuviers. Je l'ai attendu au coin d'une rue, un sourire fendu jusqu'aux oreilles. Je l'ai aperçu traverser la foule un soir de concert sur la plage. Il passait sa main dans ses cheveux bruns un peu plus longs que d'habitude, allumait une cigarette en protégeant le feu d'un briquet avec la main. Il répondait aux sourires par des sourires. Il avait acquis suffisamment de matière pour en projeter une ombre et la promener dans les rues de Matanzas avec nonchalance.

Qu'avions-nous fait tous les deux pour nous extraire de nos propres vies?

30

Il y a autant de souffrances qu'il y a d'êtres humains, avait dit le docteur
Falardeau enfoncé dans son fauteuil lors de ma dernière visite. Et c'est
peut-être dans la banalité de la chose que se trouvait mon réconfort. La
souffrance est toujours ici et maintenant. Sept milliards de fois. À chacun
la sienne. J'ai décidé de mettre fin à nos séances juste avant mon départ
après cette rencontre et ce constat implacable qui rejetait l'unicité de ma
peine.

J'ai encore essayé d'appeler Lou plusieurs fois, et elle a fini par répondre
en soupirant. Elle dinait chez ses grands-parents avec Sarah et elle
essaierait de me parler plus tard. Elle a raccroché pour rejoindre les autres
autour de la table de la cuisine devant une salade de brocoli et un pâté au
poulet, les chandelles sur la nappe blanche et le pain tranché dans un
panier. Dans le salon, un vinyle de Joe Dassin tournait sur le phonographe
sorti de son armoire pour l'occasion. Qui s'asseyait à la place que j'avais
occupée pendant 15 ans? Est-ce que pour eux c'était mieux ainsi, parce
que je n'étais pas vraiment fait pour leur fille, au fond ils l'avaient
toujours su.

Des soaps brésiliens navrants m'ont confronté à la solitude de ma
chambre, et j'ai regretté la grossièreté des Russes. Alors j'ai fait ce que
je ne faisais plus depuis des mois avec raison, j'ai sorti une photo de nous
deux de mon portefeuille prise quelques mois avant la naissance de Lou.
Sarah était collée contre moi dans la douceur du mois d'octobre, le visage

sur ma poitrine et ses bras autour de ma taille. La photo était toute abimée sur les bords depuis le temps que je la trainais avec moi. Avant de descendre au bar de l'hôtel, j'ai déchiré la photo en autant de morceaux que je le pouvais. J'ai hésité avant de les jeter dans la poubelle de la salle de bain parce que, même en miettes, l'image avait encore un sens. J'ai déposé les petits bouts sur la table de nuit à côté du lit et j'ai essayé de reconstituer la photo. D'infimes particules de papier avaient disparu et, même recollée avec soin, la photo ne serait jamais plus fidèle à ce qu'elle était. Je me suis traité de con à haute voix sans être sûr de savoir si l'insulte qualifiait mes agissements du passé avec Sarah ou celui-là. Je l'ai prise en photo avec mon téléphone et je l'ai envoyée à Eugénie en sachant qu'elle comprendrait sans me juger et qu'elle trouverait les mots pour me consoler. Elle n'avait jamais vu le visage de Sarah.

- Vous étiez beaux tous les deux…Mais toi surtout! Elle a rajouté un émoji qui pleure de rire pour me taquiner.

Je suis descendu dans le hall où les Russes s'alcoolisaient avant la nuit, me contentant d'y participer de loin, en arbitre. À quelques tables de celle où j'étais installé, deux femmes dans la quarantaine buvaient des *cuba libre* en riant sans retenue. Un peu plus tard, en passant devant ma table pour aller aux toilettes, l'une d'elles m'a salué et, à son retour, elle s'est arrêtée devant moi.

-J'ai remarqué que vous étiez seul. Voulez-vous nous rejoindre, ça nous fera plaisir de boire un verre avec vous.

Je n'avais pas spécialement envie de socialiser, mais les deux femmes étaient de bonne humeur et désireuses de passer une soirée légère. Je les ai rejoint avec l'intention de ne pas m'attarder. Les Russes avaient été entreprenants avec elles, malgré le désintérêt des deux femmes, et c'est avec soulagement qu'elles m'ont accueilli à leur table en me demandant de jouer le jeu et de faire comme si nous nous connaissions. Elles étaient Québécoises et vivaient dans la région de Trois-Rivières. Ce voyage était planifié depuis longtemps, des années en fait, une promesse de vieilles copines toujours remise à plus tard, quand le travail le permettrait, quand les enfants seraient plus grands, quand les grands parents pourraient garder les plus petits pour donner un coup de main aux papas... Et finalement, les années avaient passé, Julie et Cathy avaient divorcé, l'une après une infidélité de son mari et l'autre parce que le mariage n'avait jamais vraiment été solide.

Elles ont crié de joie quand je leur ai dit que j'étais moi aussi séparé, ce point en commun étant forcément de bon augure pour une soirée d'insouciance où tous les trois nous trinquerions ensemble à nos échecs, à notre liberté retrouvée.

Julie et Cathy étaient des femmes au passé réglé, elles l'avaient répété à de nombreuses reprises durant la soirée, prêtes à avancer vers une nouvelle vie, vers de nouvelles rencontres. Elles ont parlé de contraintes disparues, de routine effacée, de désillusions, de décisions réfléchies entre les verres qui se vidaient et les rires qui retentissaient. Rapidement, une sorte de connivence s'est installée entre nous, même si ma séparation n'avait jamais été libératrice pour moi. Je n'étais pas non plus venu à Cuba pour le plaisir et le soleil, et j'ai caché le motif de ma présence à Varadero, ne voulant pas alourdir l'ambiance qu'elles exigeaient légère. Elles maîtrisaient les applications et les sites de rencontre, et rêvaient encore à l'amour même si pour le moment le plaisir primait sur la peur de la solitude.

Julie avait la peau rougie par des heures d'exposition au soleil et des marques blanches sur les épaules laissées par des bretelles de maillot de bain. Cathy portait une tunique de soie blanche, soigneusement achetée en prévision du hâle de sa peau et de ses yeux verts. Toutes les deux avaient des enfants qu'elles aimaient plus que tout, elles le juraient la main sur le cœur, mais ces quelques jours sans eux après des années à jouer exclusivement leur rôle de maman étaient un délice.

On a parlé sans retenue, l'alcool aidant, de nos séparations respectives, renchérissant sur les détails de l'un, approuvant les choix de l'autre. Nous avons parlé d'avocats, de médiation, de garde partagée à 50-50 pour Julie, et 80-20 pour Cathy dont l'ex-mari avait clairement manifesté le besoin de vivre seul. Et même si le rhum avait le pouvoir d'alléger le poids des mots, je ressentais la colère inhérente, les ressentiments, les non-dits, les rancœurs qui nous avaient blessés à différents degrés, pour différentes raisons, peser sur nos épaules de divorcés. Malgré les rires, notre passé n'était pas réglé, quoi qu'on en dise. En fait, il n'avait jamais été aussi présent pour chacun de nous.

Vers une heure du matin, Julie est montée se coucher en demandant à Cathy si elle avait sa clé de chambre, et puis elle nous a souhaité une « très belle fin de nuit » après avoir déposé un baiser sur la joue de son amie et un mot complice à son oreille.

On a bu encore quelques verres, et je l'ai invitée dans ma chambre, sans avoir besoin de lui donner un motif. Nous le savions tous les deux depuis le début de la soirée. On avait envie de la même chose. Faire l'amour n'impliquait désormais rien d'autre que de donner du plaisir et aucune obligation implicite d'y donner suite. Après quelques baisers, on s'est déshabillé chacun de notre côté du lit comme des vieux amants. Elle a posé une serviette sur la lampe de chevet et elle est entrée dans les draps. Sa peau était chaude, un peu molle. Son ventre avait gardé les traces de ses maternités et ses hanches quelques kilos en trop. Ses lèvres bien qu'habiles avaient perdu la pulpe de ses 20 ans et compensaient par l'expérience et la détermination.

La course à pieds régulière et beaucoup de pilates ne lui avaient pas rendu ses courbes d'avant les grossesses, et la quarantaine franchie, son corps ne brûlait plus les gras aussi facilement. Elle le vivait mal, bien sûr, mais elle apprenait à tricher, s'habillant de vêtements plus amples, investissant dans le maquillage et les crèmes de beauté hors de prix. Elle cachait ses seins lourds dans des soutien-gorge à armature inconfortables qui dissimulaient le relâchement des chairs et les stigmates de l'allaitement. On s'est fait jouir l'un après l'autre avec la bienveillance de deux amants aguerris sans se soucier du lendemain matin où la tendresse trop timide serait révélée par la lumière du jour. En quittant ma chambre, elle m'a remercié après m'avoir donné son numéro de téléphone si jamais je passais un jour par Trois-Rivières.

31

-Mon père aurait aimé que j'apprenne le violon pour lui jouer les airs de *La roza del azafran,* son morceau préféré.

C'était ce morceau que les musiciens jouaient le dernier soir de mon séjour à l'hôtel.

Roger m'a tendu un verre de *Cuba libre* en ajoutant :

- On dit aussi *Mentirita*, un petit mensonge, parce que Cuba n'a jamais été vraiment libre, n'est-ce pas! Santé Jules!

Il a servi ses derniers clients qui ont ensuite retraité à leurs tables en titubant, puis il s'est assis à la mienne tandis que son remplaçant le relayait derrière le bar. La piscine éclairée projetait des reflets bleus et jaunes sur les murs de la cour intérieure de l'hôtel. Il nous a payé un autre verre de rhum, et l'on a profité de la douceur de la nuit pour bavarder. D'habitude, Roger ne s'attardait pas à l'hôtel et rentrait chez lui dès la fin de son chiffre de travail. Mais pour moi, il faisait une exception, il s'accordait une pause.

- Jules pour Julien?

- Non, pour Jules. Parce que mon père adorait l'Antiquité romaine et le destin de ses empereurs. Jules, pour Jules César. Simplement.

-Ce n'est pas un prénom que l'on entend sur cette île.

Je l'ai remercié pour cette conversation en l'invitant à me rejoindre plus tard et je suis allé voir les Russes à leur table où de jeunes Cubaines leur offraient une vue sur leurs poitrines trop dénudées. Je n'avais pas envie d'être avec eux ni d'être là. Je me sentais trop loin de Lou et de Sarah.

J'avais besoin de boire beaucoup et vite, de sombrer dans un sommeil lourd. Les Russes gueulaient ce qui devait être des vulgarités et pelotaient les fesses des Cubaines. Ils fumaient des gros cigares et résumaient assez bien le stéréotype du touriste en vacances à Cuba sans en grossir le trait. Le reste de la clientèle de l'hôtel leur jetait des regards outrés, mais personne n'osait se plaindre du bruit et du manque de respect envers les musiciens. J'ai acheté deux bouteilles de rhum au bar et j'en ai offert une aux Russes avant de partir en direction de la plage. Ils m'ont remercié en insistant pour que je reste avec eux et en me faisant des gestes qui disaient que je pouvais en croquer, si je le souhaitais, en désignant les filles. J'ai décliné gentiment l'invitation et je suis parti alors qu'ils scandaient mon nom en frappant leurs poings sur la table jusqu'à ce que je sois hors de leur vue.

Eugénie m'a texté. Elle avait trop bu elle aussi. Elle me remerciait d'être dans sa vie. Sans le savoir, elle me faisait exister à travers sa peine qui, d'une certaine façon, diluait la mienne. Je n'ai pas trouvé de mots pour la soulager. Ils coulaient en moi comme du plomb liquide.

-Prends soin de toi, petite luciole.

-Petite luciole ???

-Ben oui, parce tu brilles dans ma nuit.

Un peu plus tard, Roger est venu me rejoindre dans ma chambre. Même s'il ne fumait plus depuis longtemps, il a accepté le cigare que je lui ai offert et on s'est installé près de la fenêtre.

- Des clous de cercueil comme disait Bogart, a-t-il dit en allumant le Cohiba.

Il a inhalé l'épaisse fumée très lentement en fermant les yeux pour mieux en apprécier les arômes délicats. L'enfance et les réunions de famille sont réapparues, la musique et l'odeur du poulet grillé. Et la mer aussi, placardée sur tous les horizons.

-On a beau avoir le nez dedans, souvent on ne voit plus ce qu'il y a de beau autour de nous. Les touristes viennent ici pour ça, la plage, le soleil et la mer, et moi j'irais volontiers voir la neige tomber chez vous. On est tous pareils, non? C'est toujours mieux ailleurs.

Je lui ai parlé de Sarah, de notre rupture et des médicaments. Il a écouté. Il savait que la vie distribue plus de claques que de cadeaux. Être adulte, c'est accepter de voir mourir l'enfant en nous et qu'il n'y a pas forcément de sens à toute chose, quelque soit la façon dont on l'apprend. Perdre Sarah, c'était réaliser que j'étais seul face à moi-même.

-Moi, je ne vois plus la mer, et toi, tu ne vois plus la neige.

On s'est assis autour de la petite table où tous les matins je trouvais une serviette de bain pliée en forme de cygne et je nous ai servi des *Cuba libre*. Je lui ai montré des photos de Lou et de Sarah sur mon téléphone.

- C'est ça le plus important, Jules, a-t-il dit en pointant leur visage. Ses mots ont révélé davantage la vie transparente de mon grand-père et l'absence de son empreinte.

On a bu en silence un moment, et j'ai cherché au loin le bruit de la mer.

-Je sais que vous êtes venu ici pour retracer le passé de votre grand-père. Je sais que ce voyage représentait plus que cela pour vous. Je l'ai senti dès notre première rencontre au bar de l'hôtel. Les gens blessés ont en eux une faille si grande que l'on peut voir à l'intérieur. Mais il faut entrer dans l'arène et faire face à l'adversité. C'est ce que j'ai essayé de faire toute ma vie.

Roger a porté son verre à sa bouche et l'a vidé.

- Je me souviendrai toujours du premier combat de Oscar de la Hoya pour le titre de champion du monde. C'était en 1994 contre le danois Bredahl, invaincu jusque-là. De la Hoya l'a envoyé au tapis dès le premier round. Puis au deuxième aussi, avec l'élégance d'un matador. Il avait 21 ans. On aurait dit qu'il volait sur le ring, qu'il avait amadoué la peur.

Roger regardait ses mains et les frottait ensemble pour en contrôler le tremblement. Je lui ai resservi du rhum après avoir eu son accord d'un hochement de tête.

- Il y a peut-être des combats qui ne sont pas équitables?

Roger a souri en levant son verre.

- On boxe toujours dans sa catégorie, Jules. *Salud*, comme on dit sur le continent!

Il l'a vidé d'un trait et il s'est enfoncé dans le fauteuil.

- Il faut croire que votre grand-père a vécu avec cette mort sur la conscience, et c'est peut-être pour cette raison qu'il n'a pas détruit toutes les preuves de cette histoire. La mort d'un être humain, même accidentelle, pèse lourd. Il n'a jamais eu le courage d'avouer de son vivant, mais il voulait peut-être que sa famille sache ce qu'il avait fait sans avoir à affronter leur regard. Et je crois, Jules, que l'on est bien des personnes dans sa vie. Cette affaire évoque un volet de la sienne, mais peut-être n'était-il pas que cela? Il avait aussi cette part sombre que l'on a tous en nous, mais pas seulement.

Je n'ai rien ajouté. Au loin, on ne distinguait pas le mouvement des vagues sur l'horizon, mais je pouvais imaginer leur furie.

Roger est parti en titubant, un sourire sage à mon endroit, avant de fermer la porte. Le réveil affichait deux heures du matin et éclairait la chambre d'une faible lueur rouge. Je n'avais pas sommeil, alors je suis monté au dernier étage où les Russes occupaient deux suites. Je n'ai eu aucun mal à les localiser avec le bruit et la musique qui s'échappaient de leurs portes. J'ai frappé à la première et Youri, le plus jeune de la bande, m'a ouvert. Il a gueulé des trucs que je n'ai bien sûr pas compris et il m'a tiré à l'intérieur en me collant un verre dans la main. De la musique techno jouait très fort, la télé était allumée sur un poste de météo et le sol était recouvert de vêtements. Trois d'entre eux jouaient aux cartes à la table en sirotant du rhum. Ils suaient à grosses gouttes en lançant les cartes avec vigueur quand c'était à leur tour de jouer. Deux filles en maillot de bain assises sur un des lits s'appliquaient du vernis sur les ongles. Une autre dansait avec Igor qui avait surtout l'air de se retenir à elle pour ne pas tomber. Dans le petit salon à côté, une fille dormait sur le canapé. Elle avait un tatouage de petit diable sur son sein gauche que l'échancrure du tee-shirt trop grand pour elle laissait voir. Vlad et Alexander étaient debout près de la fenêtre ouverte en train de fumer des cigares et menaient une discussion plutôt animée où le doigt pointé de l'un frappait le torse bombé de l'autre. Ils n'ont pas été surpris de me voir dans leur suite et ils ont tout de suite rempli mon verre de rhum en y ajoutant un petit parasol décoratif à l'effigie de Fidel Castro.

On a discuté pendant un bon moment, enfin, on a échangé des gestes accompagnés de paroles dans nos langues respectives. Ils m'ont fait des allusions aux deux femmes de la veille. J'ai ri avec eux, j'ai prononcé des mots incompréhensibles qui les rendaient hilares et j'ai bu encore. Je crois qu'ils m'aimaient bien.

Le rhum avait sur moi, à ma grande surprise, un effet euphorisant, alors je suis resté avec eux jusqu'aux petites heures du matin. Quand je me suis levé du canapé où j'étais assis à côté de la fille toujours inerte, j'ai mesuré la quantité d'alcool ingurgitée tout au long de la nuit. Les jambes en ciment, j'ai traversé la suite en évitant de marcher sur les corps endormis d'Igor et de la danseuse entre les cadavres de bouteilles qui jonchaient le sol.

Avant de refermer la porte derrière moi, j'ai dit *nunca habia visto la muerte*, mais ils n'ont pas compris le sens des paroles d'une chanson qui avait joué toute la soirée au bar avant de se faire une niche dans ma mémoire. *Je n'avais jamais vu la mort avant la mienne, je n'ai pas aimé ça, je ferai mieux la prochaine fois…*

À 7h le lendemain matin, Roger a frappé à ma porte. Je me suis levé péniblement et je l'ai fait entrer dans ma chambre. Il s'est excusé de me réveiller si tôt. Il m'a demandé de m'habiller en précisant que nous avions encore le temps de retourner chez Suarez pour le convaincre de nous remettre les effets de son oncle susceptibles de m'apprendre quelque chose. Il a souri, tout excité par l'espoir qu'il nourrissait à ma place. Deux heures plus tard, nous étions dans la petite cuisine du neveu de Suarez en train de négocier le prix pour quelques lettres que nous avions trouvées ensemble dans ses affaires personnelles. Roger m'avait convaincu qu'avec un peu d'argent, Augusto nous laisserait repartir avec ce que nous souhaiterions emporter. Il avait rangé les affaires de son oncle dans des boites remisées dans un garde-robe. La chambre avait été réaménagée pour ses petits-enfants lorsqu'ils leur rendaient visite. On avait tout déballé sur le lit, et ça n'a pas été trop difficile de mettre la main sur les lettres affranchies depuis le Québec et signées par mon grand-père. Une trentaine au total. Augusto les a consulté une à une, certainement pour faire mine de leur accorder plus de valeur qu'elles n'en avaient vraiment

147

à ses yeux. Je lui ai offert 100$ US, il m'a demandé 300$. J'ai accepté sans négocier davantage. Je lui ai proposé de les photocopier une fois rendu chez moi au Québec et de les lui retourner s'il le souhaitait, car je comprenais qu'il puisse être attaché à cette correspondance. Il a fait non de la tête en disant à Roger que je pouvais tout garder si ça me faisait plaisir. Il a empoché l'argent sans se faire prier et il nous a reconduit à la porte. Une fois dans la voiture de Roger, je me suis tourné vers lui encore incrédule.

- *Qué alegria*! a-t-il dit en souriant de toutes ses dents. *Estoy muy feliz por ti!* Il ne faut jamais négliger le pouvoir de l'argent…

J'aurais aimé que mon grand-père lui ressemble, qu'il sache trouver les bons mots.

32

Dans l'avion à destination de Montréal, j'ai replongé dans l'histoire que je croyais close, grâce aux lettres envoyées à Suarez entre 1953 et 1988. Avant de partir, Roger m'a remercié pour ces moments passés ensemble, et la parenthèse que j'avais ouverte au crépuscule de sa vie. Il m'a souhaité de retrouver la paix. De me retrouver. Son sourire a habillé son visage d'un costume qu'il n'avait jamais quitté.

À part quelques lettres de sa femme à leurs débuts, la correspondance de Suarez avec Rémy était la seule qu'il avait entretenue durant sa vie. Certaines d'entre elles contenaient des photos prises depuis le Québec et le Canada, lorsqu'il avait sillonné les routes du pays. Il avait envoyé des clichés de paysages encore, mais aussi d'un carrousel dans un parc de Toronto, d'une vitrine de jouets à l'approche de Noël, et puis l'hiver, de la ville sous la neige, du poids de l'épaisse couverture blanche sur les branches de sapins illuminés, des images féériques où la vie est une carte postale. Les photos étaient différentes de celles trouvées chez ma grand-mère et dans le coffre de banque, mais elles portaient sa signature, sa sensibilité et les mots que l'on dit à un enfant pour le faire rêver. La lumière y pénétrait. C'est en lisant les lettres de mon grand-père à Ricardo que j'ai compris. Rémy avait rencontré Suarez peu de temps après son arrivée à Matanzas, un peu par hasard, un soir lors d'une fête de rue. Ils avaient rapidement noué des liens amicaux et Suarez lui avait proposé l'hébergement tandis que Rémy, riche de ses économies et de ses primes de combattant en Corée, lui avait offert la légèreté des quartiers chauds de Matanzas et de la Havane. Ils y avaient mené une vie de débauche, mais entre les lignes je pouvais sentir le désespoir de mon grand-père dans cette vie dissolue, un chagrin profond comme toile de fond aux nuits cubaines. Subtilement, il évoquait tantôt en français, tantôt en espagnol un amour perdu, un amour impossible qu'il avait tenté d'oublier mais qui l'avait rongé toute sa vie, *cette absence est si lourde à porter, mon ami, si tu savais...* Dans chacune de ces lettres, il évoquait Augusto, le neveu de Ricardo. Augusto, l'enfant de sa sœur dont le mari était mort accidentellement sur une route de la baie, un jour de juillet 1953! J'ai reposé les lettres sur la tablette devant moi en faisant attention de ne pas réveiller mon voisin, un quinquagénaire loquace à la peau caramel qui cuvait sa semaine de beuverie sous le soleil en ronflant sur mon épaule.

- Ce que j'aime dans les tout-inclus, c'est le bar à volonté. Le chef de chantier en chômage saisonnier retournait au Québec épuisé, le foie malmené, mais satisfait d'en avoir eu pour son argent. Avant de s'assoupir, il m'avait demandé de le réveiller pour le plateau-repas.

J'ai été parcouru d'un violent frisson au moment où une turbulence a secoué la carlingue. Ricardo avait recueilli sa sœur et son neveu après le drame, et il avait élevé cet enfant comme le sien sans jamais lui révéler sa responsabilité ni celle de Rémy dans l'accident qui l'avait privé de son père. Tous deux étaient à bord de la Chevrolet au moment de la tragédie. Ils avaient bu tout l'avant-midi dans le petit café *El sol* où ils avaient leurs habitudes. La cruauté du destin avait voulu qu'ils percutent la charrette conduite par le beau-frère de Ricardo, un habitant du quartier lui aussi.

Ils n'auraient pu prédire l'embardée du cheval, mais l'alcool avait diminué les réflexes, absorbé la fraction de seconde nécessaire au coup de volant pour éviter le canasson et son attelage. Tout s'était passé très vite. Rémy avait demandé à Ricardo de sortir du véhicule avant l'arrivée des premiers passants et ainsi lui épargner les conséquences désastreuses de la tragédie. À quoi bon le compromettre, lui, le garçon sans histoire, un enfant du quartier comme son beau-frère qu'ils venaient de tuer. Avec l'aide d'Edward appelé à son secours, Rémy s'en était sorti en donnant tout ce qu'il avait à la famille de la victime en guise de dédommagement. On pouvait remettre la responsabilité de cette mort sur le dos d'un étranger, et l'histoire serait oubliée avec les années. On aurait évoqué la tragédie de temps en temps au détour de conversations aux terrasses des cafés, et l'on aurait fini par oublier jusqu'au nom de ce Canadien qui avait fauché une vie. Mais on n'aurait jamais compris ni pardonné la responsabilité de Ricardo. Il ne l'avait pas empêché de prendre le volant, et cela avait fait de son propre neveu un orphelin.

Mon grand-père lui avait envoyé de l'argent pendant des années pour s'assurer qu'il ne manque de rien. À sa façon, il avait voulu mettre dans le cœur de l'enfant l'espoir dont lui-même aurait voulu se nourrir sur les bords de cette baie.

À travers les lettres de mon grand-père, j'ai compris l'ampleur de la culpabilité qui l'avait habité, mais surtout celle de ce chagrin invasif évoqué du bout de la plume à la seule personne à qui il n'en parla jamais. Dans ces lettres, Rémy décrivait une vie douloureuse où il n'avait jamais trouvé sa place. On y sentait la chute, lente et vertigineuse, l'enfermement et le silence dans lequel il s'était muré. Mais jamais il n'avait écrit le nom de cet amour perdu. D'une certaine façon, les lettres écrites à Ricardo ressemblaient à mon carnet bleu où je consignais mon chagrin. La dernière lettre, courte, presque illisible, datait du début du mois d'août 1988, quelques semaines avant sa mort. Il n'y évoquait pas sa maladie, mais il parlait d'un lac où des nuages se noyaient. Il disait combien la vie avait été longue dans une absence dont il ne s'était jamais consolé. *Il est des absences ...*

Il n'y avait pas *d'affaire cubaine*, il y avait un destin. L'histoire avait commencé avant. La baie de Matanzas en était déjà l'épilogue.

À mon retour chez moi, j'ai rangé toutes les photos, sauf celle où il apparaissait dans le reflet d'une vitrine. Celle où l'attention ne se portait pas sur son reflet, mais sur la façade de l'hôtel d'en face et sur un inconnu qui marche dans la rue. Elle était représentative d'un homme dont ne voit qu'une part infime dissimulée dans une réalité laissant tant de place à l'interprétation. Une réalité contenue dans un cadre dont je m'étais accommodé moi-même auprès de Sarah. Tout le reste faisait de lui un être parfaitement en accord avec le monde, avec son temps, avec lui-même campé dans l'ombre. Ma grand-mère avait renoncé à découvrir l'affaire cubaine qui s'était déroulée avant leur rencontre. Mais Rémy en avait laissé les traces dans le coffre de banque afin qu'elle comprenne l'homme qu'il avait été et les évènements qui l'avaient façonné. Il n'avait sûrement pas cherché à justifier son comportement auprès d'elle, mais il avait espéré qu'elle lui pardonne sa fuite et ce chagrin sur lequel il avait construit son mariage et sa famille. À défaut d'avoir été un bon mari et un bon père, il avait espéré être un doux souvenir. Si Rémy avait laissé des traces discrètes de cet accident, c'était aussi afin de cacher la piste d'une autre histoire sans aucun lien avec le drame et bien plus douloureuse. Celle de cet amour dont il ne s'était jamais guéri.

Ma maison a ainsi retrouvé son identité et celle de mon grand-père s'est effacée pour retourner d'où elle venait. *L'affaire cubaine* resterait entre lui et moi, à quoi bon faire du mal à ses enfants en ajoutant cette souffrance à celle de son absence. Peut-être que son souvenir, celui de Cuba, n'avait besoin de rien de plus que ma mémoire pour survivre et trouver un pardon.

J'ai voulu appeler Sarah pour entendre sa voix, pour lui proposer une rencontre, un café ou simplement une marche sur le bord du fleuve à cet endroit où Montréal semble jaillir de l'eau. J'avais envie de lui parler de Lou, comme avant lorsque le soir dans le calme retrouvé de la maison, on reprenait le cours de notre vie autour de celle de Lou. Je lui ai texté les mots du poème adressé à mon grand-père mais qui parlaient si bien de ma peine : « *J'ai au cœur une blessure hémophile* ». La notification indiquant que mon message avait été lu est apparue, mais comme tous ceux qui évoquaient notre histoire, il est resté sans réponse dans un silence indifférent, assassin.

J'ai fixé la photo de mon grand-père au-dessus de mon lit à la place occupée pendant des années par l'affiche du San Sébastian. Une autre trace de notre couple avait disparu de la maison et, bientôt, il n'y aurait plus rien de ce passé à deux. Les objets de notre quotidien s'useraient les uns après les autres et seraient remplacés. Un jour, tous les murs seraient repeints, la voiture changée, les vêtements que nous avions portés, aussi, et il ne resterait que des images de plus en plus vaporeuses. Les souvenirs seraient à leur tour remplacés par d'autres, à mon corps défendant, et bien plus tard, il n'y aurait plus de témoins pour m'en confirmer l'exactitude. Nous serions deux personnes différentes dont le temps passé ensemble s'échapperait entre nos doigts.

33

Mes parents étaient assis à la table de la cuisine où fumaient devant eux des tasses d'expresso que je venais de leur servir. Maman me posait des questions sur mon voyage, la température de l'eau, le soleil, la plage et répétait la chance que j'avais eue d'échapper au froid pour quelques jours. Je l'avais toujours entendue se plaindre de la longueur de l'hiver et de l'humidité du printemps. Le sud la faisait rêver, mais jamais elle n'avait donné vie à ses désirs, l'immobilité et le confort l'emportant toujours sur sa détermination. Elle voyageait par procuration, jamais rassasiée de détails sur le décor paradisiaque rapportés par ceux qui osaient partir. Peut-être que le rêve lui suffisait et lui assurait de ne jamais être déçue?

Papa écoutait. Il observait mes réactions et le moindre signe qui aurait pu tirer une sonnette d'alarme dans son esprit naturellement anxieux et angoissé, terrorisé par le malheur pouvant toucher ses enfants et ses petits-enfants. Depuis le départ de Sarah, il ne dormait plus beaucoup. D'habitude si réservé, il se faisait plus enthousiaste que jamais en ma présence tentant d'apporter de la légèreté à ma réalité, mais je voyais la peur campée derrière ses sourires. Il aurait aimé me dire que, malgré la peine, le bonheur réapparaissait un jour, et de toutes façons, la vie était ainsi, pour moi, mais aussi pour les autres. À sa façon, sans minimiser ma douleur, il voulait me rappeler que c'était notre lot commun. Il l'avait appris très tôt dans la vie en attendant ce père qui n'était jamais venu à lui, trop englué dans ses secrets. Il aurait voulu me convaincre qu'un jour le chagrin s'en va, qu'il fallait choisir le bonheur, comme le disait Voltaire, car c'est bon pour la santé.

Il m'a trouvé bien pâle pour quelqu'un ayant passé une semaine sous le soleil, mais il n'a pas insisté. Et puis rapidement, nous n'avons plus su quoi nous dire. Maman m'a posé quelques questions à propos de Lou et s'est plainte de ne pas la voir assez. J'ai regretté la situation et m'en suis excusé sans pouvoir leur dire la peine que j'avais de m'éloigner de Lou. Elle s'en est voulu et mon père lui a lancé un regard réprobateur. Elle a ouvert la baie vitrée de la cuisine, puis elle est descendue dans le jardin pour faire le tour des plates-bandes et dégager les pousses de crocus des fanes de vivaces plantées par Sarah au fil des années. Il m'a semblé la revoir dans le jardin, ses mains gantées posées sur les hanches en visualisant ses plans de la saison à venir. Depuis la maison, il m'arrivait de voir ses lèvres bouger quand elle se parlait à elle-même en énumérant les tâches à faire. Parfois, elle me voyait l'observer alors elle souriait en m'envoyant un regard interrogateur, un peu honteuse d'avoir été surprise dans ce moment où elle se croyait seule au monde, à l'abri du regard de l'autre, donc parfaitement elle-même. Et ce regard-là, celui des moments anodins, ce regard de complicité fabriqué par les années de vie commune, ne se posait plus sur moi. Papa m'a sorti de mes pensées en me réclamant une cigarette. Ça faisait plusieurs années qu'il ne fumait plus, et j'ai été étonné par sa demande alors qu'il avait eu tant de mal à arrêter. Je lui ai tendu mon paquet et nous avons fumé ensemble loin du regard de ma mère qui lui aurait fait une crise. Il aurait voulu prendre ma peine et la recracher avec la fumée de cigarette, comme je l'aurais fait moi aussi pour mon enfant. Il a fait le tour de la maison pour voir les changements apportés depuis leur dernière visite, à l'affut d'indices d'une éventuelle rechute. Il s'est arrêté dans ma chambre devant la photo prise par son père fixée au-dessus de mon lit. J'ai eu envie de faire briller cet homme qui lui avait si peu donné l'occasion d'en être fier. Il s'est approché de la photo en soupirant.

- Papa ne nous parlait jamais de lui ni de son travail. Je n'avais jamais vu toutes ces photos. Il ne fallait pas toucher à son appareil dont il prenait soin plus que de sa propre personne. Jamais il ne nous racontait ce qu'il faisait tous ces jours où il roulait à travers le pays. Moi, j'aurais adoré partager les moments de son quotidien pour lui trouver des excuses, pour que sa vie soit plus concrète et se rattache à la mienne. Pour chasser ma foutue solitude. J'aurais voulu connaître ses habitudes, ses routes préférées, les villes où il se sentait bien, s'il aimait l'odeur du café à l'aube sur les aires d'autoroute. J'aurais aimé qu'il me raconte ses dix ans, son premier amour, sa rencontre avec ma mère, qu'il m'apprenne à empailler les animaux, à leur donner une apparence si vivante dans la mort. Mais il n'a jamais rien fait. Je l'ai vu pleurer une seule fois, il y a longtemps, je devais avoir 12 ou 13 ans. Il était dans son bureau, assis derrière ses dossiers ouverts devant lui. Il avait une photo dans les mains. Quand il m'a vu entrer, il l'a cachée dans un tiroir et je n'ai jamais su de qui il s'agissait. J'ai toujours cru que papa avait eu des maitresses, alors je me suis imaginé la perte d'une femme, un amour caché et je me suis senti comme un obstacle à son chagrin, encore plus seul que durant ses absences. Dans le fond, j'aurais simplement voulu qu'il me prenne dans ses bras pour trouver du réconfort à mon contact, qu'il sente combien j'avais besoin d'être son fils. Il m'a fixé un long moment, puis il a déposé sa tête sur son bureau et m'a demandé de sortir en refermant la porte derrière moi.

Papa m'a regardé avec des larmes dans les yeux. Il disait toujours que la douleur d'une fracture ne disparaissait jamais et qu'une simple hausse du taux d'humidité la faisait ressurgir.

-La chair est rancunière, disait-il à chaque fois qu'un rhumatisme le faisait grimacer. Elle interdit toute amnésie.

Mon père pensait que Rémy avait eu une vie parallèle, une autre femme. Mais il n'imaginait pas une histoire plus ancienne encore dont il n'avait jamais pu se guérir.

-Ai-je été un bon père Jules, assez présent pour toi? J'ai fait de mon mieux, tu sais. J'ai essayé.

Papa fuyait les mots qui dénudent et rendent vulnérable. J'ai senti combien ma réponse avait de l'importance et pouvait lui enflammer le cœur ou l'éteindre. Mon père m'avait élevé avec la maladresse de celui qui a appris seul, avec les approximations du bricoleur du dimanche qui a tourné les coins ronds.

Mais, au final, il me faisait penser à ce type contre qui j'avais joué au tennis quand j'étais adolescent. Pendant des semaines je m'étais préparé pour un tournoi, jouant tous les jours après l'école, travaillant la précision et la longueur des balles. Malgré des années de cours privés, un talent que l'on me prêtait, et une technique maitrisée, j'avais perdu dès mon premier match et fracassé ma raquette sur le court, frustré par l'efficacité de ses gestes gourds et disgracieux et de ses frappes peu orthodoxes. Ma technique n'était pas venue à bout de son acharnement à courir toutes les balles. Il m'avait serré la main en s'excusant presque de m'avoir battu. Je n'avais pas réussi à lui reconnaitre tout son mérite.

-Tu as été parfait, papa.

34

La salle d'attente devant le bureau de Georges Stillman était aménagée en petit salon de maison bourgeoise. On n'avait pas lésiné sur les moyens, et les chaises en cuir italien autour d'une table basse en bois massif donnaient envie d'y lire, un café à la main. Des affiches représentant des clients satisfaits des services offerts par la banque gâchaient un peu l'ensemble. Des slogans vantaient le pouvoir de l'argent, l'importance de la planification financière, et de beaux retraités en pleine santé couraient joyeusement après leurs petits-enfants. Un portrait grand format de Georges Stillman trônait au-dessus de la porte de son bureau. Stillman avait réussi dans la vie comme son père avant lui. Deux générations seulement avaient suffi à sortir la famille de la petite bourgeoisie pour voguer ensuite dans des sphères où l'argent n'était plus jamais un problème.

Quelques jours après mon retour de Matanzas, j'ai appelé Georges Stillman afin d'être reçu à nouveau dans son bureau. Il n'avait pas semblé emballé à l'idée de consacrer du temps à quelqu'un dont il savait à l'avance qu'il ne souhaitait pas le rencontrer pour un placement. J'ai senti chez lui une sorte de réserve à l'idée de parler avec moi de mon grand-père et de son père. À la façon dont il a conclu notre conversation téléphonique, j'ai compris qu'il n'y aurait pas d'autre rendez-vous après celui-là. Stillman avait développé avec le temps des mécanismes oratoires qui balisaient parfaitement la conversation en y incluant des termes techniques de finance volontairement froids et détachés. On a parlé quelques minutes des travaux paralysant la ville, du printemps, du hockey, en toute courtoisie. Et puis j'ai senti qu'il fallait que j'en vienne rapidement aux faits puisque son temps n'avait pas la même valeur que le mien. Alors, je lui ai raconté mon voyage à Cuba, la baie de Matanzas, l'accident et le procès, Ricardo Suarez et Roger...

- Votre père vous a-t-il déjà dit pourquoi mon grand-père est resté si longtemps à Cuba? Le visage du banquier s'est fermé, visiblement contrarié par mon récit et mes questions.

- Saviez-vous que c'est probablement l'argent qui a permis de disculper mon grand-père?

Il s'est levé de son fauteuil, et le masque du banquier est tombé pour retrouver celui du fils sensible à la mémoire de son père. Les mains dans les poches, il a contourné son bureau pour s'accoter au rebord de la fenêtre donnant sur la place Dorchester.

-Je n'étais pas au courant de toute l'histoire. Mon père est mort quand j'avais 15 ans, vous savez. Ce que je sais de lui je l'ai appris surtout après sa mort. C'était un bon père, un homme affectueux et présent. Mais l'époque était différente de la nôtre où plus rien n'est tabou. Je ne sais pas exactement ce que vous cherchez à savoir ni à quel point c'est important pour vous. Tous deux sont morts maintenant et, tout ça est oublié. Je comprends votre volonté de le connaître davantage, mais je n'ai pas l'intention d'entacher la mémoire de mon père pour son implication dans ce procès. Je sais qu'il a sorti votre grand-père d'une bien fâcheuse situation parce qu'ils étaient amis. Le lien qui les a unis dans la guerre en

Corée nous parait inexplicable aujourd'hui pour justifier ce procès, car ni vous ni moi n'avons vécu à cette époque. Mon père aimait beaucoup votre grand-père, et c'était une question de parole et d'honneur, un lien de soldats qui s'était tissé dans la terreur de la guerre. J'ai compris longtemps après sa mort la valeur de cette amitié à ses yeux. Cette histoire à Cuba devrait rester là où elle est, car elle n'est pas à l'image de ce qu'ils étaient. Ça ne sert à rien de remuer le passé. Il ne peut que faire du mal. Et puis, que pourrions-nous y comprendre? Mon père a fait son travail, celui d'un avocat dont l'objectif est de disculper son client, coupable ou non. Je ne comprends pas monsieur Vialens, vous voulez faire un deuxième procès à un homme disparu depuis 30 ans?

Stillman s'est avancé vers son bureau et a sorti une photo de son tiroir. On y voyait un père avec son fils sur ses genoux, ses bras autour du cou. L'homme était beau, une douceur infinie dans le regard, celle d'un père amoureux de son enfant. J'ai eu comme une impression de déjà vu, ce genre de sensation familière de vivre le même instant une seconde fois.

-Mon père a toujours été présent pour moi. Il est mort trop tôt, et ça été une grande douleur pour notre famille. Il avait à peine 40 ans. Tout lui réussissait, nous étions heureux, il était aimé de tous et, du jour au lendemain, tout s'est écroulé. On l'a retrouvé mort dans sa voiture sur la route près de North bay, au bord du lac Nipissing alors qu'il se rendait chez un gros client de la firme. Le coroner a confirmé son décès par crise cardiaque. Tandis que Stillman parlait, le visage dur, j'ai revu les photos sur les murs de ma maison, et celles du lac Nipissing. Mon cœur s'est emballé comme le moteur débridé de la Catalina blanche de Roger dans la descente qui nous menait à l'entrée de Matanzas. Une sensation de perte de contrôle. Ces clichés n'avaient pas été pris au hasard de la route par Rémy ni pour la sérénité de cet endroit où l'horizon et la surface de l'eau se confondaient.

- La première fois que j'ai vu votre grand-père, c'était aux funérailles de mon père, et la dernière fois c'était lors de l'ouverture du coffre dans ma banque. Entre les deux, je n'ai jamais entendu parler de lui. Voilà.

Georges Stillman s'est assis, il n'avait plus du tout l'air d'un puissant banquier, mais d'un orphelin comme tous les autres, blessé d'avoir vécu avec le souvenir de son père à défaut de sa présence. Il a repris la photo et l'a rangée à sa place.

- Je ne pense pas non plus que votre grand-père ait été l'homme que vous croyez. Sinon, il n'aurait pas autant compté pour mon père. Ni vous ni moi ne saurons jamais les détails de l'affaire. Et puis les apparences, vous savez...

La conversation avait visiblement fait ressurgir chez Stillman des sentiments douloureux lorsqu'ils se cognent les uns aux autres.

Il a pris une petite carte d'affaire sur son bureau par réflexe et me l'a tendue du bout des doigts en hésitant.

- Maintenant, je crois que nous nous sommes tout dit!

Je l'ai mise dans ma poche et je suis parti après lui avoir serré la main.

Sans pouvoir me l'expliquer, j'avais deviné qu'il n'en resterait pas là. Je savais en quittant son bureau qu'il y avait des choses qu'un homme de

163

son âge et de son rang ne pouvait me dire de vive voix. Il n'avait pas l'abnégation nécessaire en ce qui concernait le passé de son père pour me faire des aveux.

35

Dans la soirée donc, le banquier m'a écrit pour terminer de me faire le portrait de mon grand-père. Peut-être était-ce plus facile pour lui de mettre une distance entre nous pour se confier ? Il n'avait parlé réellement qu'une seule fois à mon grand-père, le jour de l'ouverture du coffre. Rémy lui avait laissé l'impression d'un homme hanté par des remords, enfermé dans l'isolement. Bien sûr qu'il était responsable de l'accident. Il était ivre lorsqu'il avait pris le volant de sa décapotable, Rémy s'en était confessé le jour de l'ouverture du coffre. Et il avait porté cette culpabilité comme un fardeau, une sentence bien pire que celle de la justice des hommes. Il se sentait redevable envers Edward qu'il avait impliqué malgré lui dans ce procès en risquant de salir sa réputation.

Une vie avait été anéantie, un enfant était devenu orphelin. La mort s'était collée à lui sur le bord de cette baie et l'avait suivi comme une mauvaise odeur.

On avait bien soupçonné la présence d'alcool dans le sang de Rémy, mais l'enquête avait conclu que la voiture roulait un peu trop vite et avait percuté l'attelage en travers de la route. Il s'agissait d'un accident. Son père, ayant assuré la défense de Rémy, avait convaincu les juges et la police de la non-responsabilité de son client, car c'était la meilleure chose à faire. Jamais il n'aurait pu laisser son ami pourrir dans les prisons cubaines et, pour ça, il avait trouvé des arguments de poids et usé du pouvoir de l'argent.

Ils avaient plaidé l'accident et l'abus d'alcool n'avait pas été prouvé, mais le cheval avait fait une embardée, et personne n'aurait pu l'éviter. Un terrible coup du sort! La mort du conducteur était tragique, mais à quoi bon emprisonner un homme, trouver un responsable à tout prix, un étranger de surcroit. Cela aurait terni l'image de la ville alors que le tourisme en plein essor promettait la prospérité à toute la population. Edward avait insisté sur cet aspect en laissant entrevoir les conséquences éventuelles d'un emprisonnement. Le plaidoyer avait été brillant.

-Bien sûr, à l'époque, personne ne pouvait prédire la crise et l'embargo qui suivraient. En quelques jours, l'affaire avait été réglée.

Mon grand-père, sur les conseils d'Edward, avait dédommagé la famille de Ricardo avant de repartir au Canada le lendemain de son acquittement. Georges avait décrit le même homme que j'avais connu, le regard absent, le sourire emprunté. Rémy lui avait aussi parlé de sa rencontre avec Edward en Corée et de ces années passées à ses côtés. Il lui avait relaté un épisode de la vie de son père qu'il connaissait mal et il avait compris à travers la douceur de ses mots combien la guerre les avait rapprochés. Tous deux étaient partis en Corée avec bien des illusions et n'avaient jamais imaginé ce qu'ils allaient y vivre. La vie les avait ensuite éloignés, mais le lien qui les avait uni là-bas ne s'était jamais brisé. Il se souvenait encore de l'émotion de mon grand-père ce jour-là. La mort d'Edward l'avait profondément affectée. De son propre aveu, elle avait causé un vide jamais comblé. Il m'a semblé le voir alors, le corps vidé de sa chair et rempli de fétus de paille, se figer dans l'absence, dans le silence interminable et pesant, se transformer en homme empaillé.

Ensuite, il m'a raconté comment plusieurs années auparavant il avait fait des recherches sur son père après être tombé sur un rapport d'examen médical général demandé par sa firme avant un séjour en Asie. Écrit quelques mois avant la mort d'Edward, le rapport faisait état d'un individu en parfaite santé. Rien n'indiquait une faiblesse ou une quelconque anomalie. Empli de doutes, il avait alors confronté sa mère qui avait fini par lui avouer la véritable cause de sa mort. Son père n'avait pas succombé à un infarctus, il s'était suicidé par surdose de digitaline ayant provoqué un arrêt cardiaque. Le rythme de vie effréné et stressant de son père avait facilement faussé les pistes et camouflé la vérité. Et même si l'épreuve avait été épouvantable pour sa mère, elle avait préféré ce mensonge afin d'épargner ses enfants du *qu'en dira-t-on* dans le milieu conservateur et catholique où ils vivaient. Reconnaitre le suicide à l'époque aurait ouvert la porte à des questions dont les réponses auraient fait encore plus de mal à la famille. C'est alors que Georges a commencé à chercher ce qui avait pu mener son père à mettre fin à ses jours, lui qui affichait un parfait bonheur et une réussite exemplaire. Mais il n'a jamais réussi à comprendre l'origine d'un tel geste.

- Il y a quelque chose de profondément injuste dans le silence et l'absence de réponses.

J'ai ressorti les photos de mon grand-père de leur boîte et ce que j'avais compris dans le bureau de Stillman s'est avéré. Rémy Vialens avait photographié une route sur le bord du lac Nipissing près de North Bay. Et il l'avait même photographiée une vingtaine de fois, sous des angles différents, comme une variation musicale sur le même thème. C'était ,sans aucun doute, l'endroit où l'on avait retrouvé le corps d'Edward. Une fois par année, à partir de 1969, année de la mort d'Edward, mon grand-père s'était rendu sur le bord du lac Nipissing pour le photographier. L'endroit était devenu un sanctuaire autour duquel il avait ensuite erré. Les cartes routières laissées par Rémy en restituaient le parcours décousu d'un homme qui avait perdu le nord. Ce qui m'était apparu comme un casse-tête dont il manquait les pièces-maitresses quelques mois plus tôt était en train de se mettre en place.

Derrière la porte du garage de mes parents, une montagne de boîtes empilées et de meubles emboîtés les uns dans les autres atteignait le plafond et décrochait les toiles d'araignée. La vie de mes grands-parents se résumait à ces quelques mètres cubes d'espace. C'est fou comme le temps, s'il ne réduit pas la matière, en réduit l'importance. Tous ces objets récupérés ne retrouveraient pas de place dans l'espace de mon père déjà bien encombré par 45 ans de vie commune avec ma mère. Alors, il m'a autorisé à prendre ce que je voulais dont les quelques boîtes de livres de la bibliothèque. Il s'agissait, pour y avoir jeté un coup d'œil au moment du déménagement, de romans de gare, de quelques dictionnaires utilisés par ses enfants, d'une encyclopédie en dix volumes et de beaucoup d'ouvrages de toutes sortes sans véritable valeur. J'ai aussi récupéré l'appareil photo de mon grand-père rangé dans son emballage d'origine. Je n'y avais pas porté attention le jour du déménagement, mais depuis il avait pris une toute autre signification. Malgré les années sans utilisation, il semblait en parfait état de marche. J'ai armé l'appareil pour vérifier son fonctionnement et j'ai appuyé sur le déclencheur. Un déclic a retenti comme si une bobine de pellicule était installée. J'ai relevé la petite manivelle pour la rembobiner avant d'ouvrir l'appareil. Les gestes d'une autre époque sont revenus naturellement. J'en ai extrait une bobine que j'ai fait rouler avec précaution dans ma main. En rentrant chez moi, je suis passé au *Jean Coutu* de ma ville pour la faire développer. La jeune caissière n'en avait jamais vu et a dû appeler sa responsable pour la guider dans la démarche à suivre pour passer commande. Celle qui répondait au

169

nom d'Évelyne avait l'impression de manipuler une antiquité. Elle m'a donné un reçu à présenter au comptoir pour récupérer mes photos dans les cinq prochains jours.

Une fois chez moi, j'ai disposé les livres sur la grande table de ma cuisine et je les ai scrutés à la recherche d'un indice. L'odeur du vieux papier a embaumé la maison. Sarah aimait cette odeur. Je l'ai souvent vue approcher son nez de la tranche d'un livre et humer en fermant les yeux avec un plaisir non dissimulé. À l'intérieur de chaque ouvrage, ma grand-mère avait écrit la date et le nom de celui de ses enfants à qui il avait appartenu. Le nom de mon père était inscrit sur une encyclopédie des races canines reçue en cadeau un jour d'anniversaire. Le livre avait été manipulé souvent et les pages étaient presque toutes cornées. Il en avait passé des heures à lire en se passionnant pour ces animaux de compagnie qui auraient fait son bonheur les jours de solitude. Et puis au milieu de tous les autres, un petit livre à la couverture rouge carmin presque intacte dont on avait pris grand soin est sorti du lot. Le titre était écrit en lettres blanches : *Les matins calmes* d'*Ennia Arguthie*. J'ai pris l'objet délicatement comme s'il s'agissait d'un incunable. Je l'ai fait tourner dans mes mains pour l'inspecter dans les moindres détails et, de toute évidence, ce livre avait compté, il avait été précieux pour quelqu'un. Il avait dû demeurer de longues années à l'abri du temps et des manipulations maladroites. Édité en avril 1965 à Toronto au compte des éditions des *Semelles de vent*, le livre était imprimé sur un papier de qualité dont on pouvait sentir le grain de la fibre en y passant doucement le doigt. Il s'agissait d'un petit recueil d'une cinquantaine de poèmes. Et plus que la couleur de la couverture qui avait échappé à l'usure du temps, il détonnait parmi tous les autres ouvrages par son contenu. Je me suis assis à la table et je l'ai lu d'une traite. J'ai eu l'impression de pousser la porte entrouverte d'une maison, d'y pénétrer et d'en fouiller les armoires. Chaque poème racontait l'intimité entre deux êtres, décrivait des regards, racontait des impressions, murmurait des émotions. Les mots étaient simples, à leur place, construisant le cadre d'instants précieux. Je n'ai pu m'empêcher de le comparer aux *Poèmes à Lou* d'Apollinaire que j'avais si souvent lu durant la grossesse de Sarah. L'impudeur dévoilée à travers la musique des mots exhalait l'odeur du sexe après l'amour, le goût salé des larmes de joie ou de chagrin. Le dernier poème se terminait sur ces mots : *Il est des absences dont jamais on ne se console.* Les mêmes mots que ceux retrouvés dans l'enveloppe découverte chez ma grand-mère dont il manquait la signature! J'ai refermé le recueil et j'ai su que ces poèmes avaient été écrits pour mon grand-père. Ces poèmes étaient une déclaration d'amour. On les lui avait envoyés, il y a longtemps, et un jour on en avait fait un recueil, un récit consigné officiellement sur le papier. J'ai eu beau me creuser la tête et fouiller le reste des livres, le nom d'Ennia Arguthie ne m'évoquait absolument rien. J'ai entré son nom sur Google, le grand investigateur, pour retracer cette femme, et le moteur de recherche n'a affiché qu'un seul résultat. Il s'agissait d'une auteure d'un petit recueil de poèmes publié en 1965. L'ouvrage édité par une toute petite maison d'édition torontoise de poésie en langue française ayant fait faillite dans les années 70 n'était visiblement plus disponible depuis longtemps. Il n'était cité qu'une seule fois par un étudiant du département d'études françaises de l'université de Toronto en 1989, un certain Mickael Windsor qui occupait maintenant la chaire de professeur de littérature du 20ème siècle dans la même université. J'ai parcouru le bottin du département pour trouver son adresse courriel. Je lui ai écrit pour lui faire part de ma recherche en lui demandant s'il avait des informations à me fournir à propos de l'auteure. Il m'a répondu deux semaines plus tard. Il ne se souvenait pas de cet ouvrage, sa thèse ayant été écrite 25 ans plus tôt. Il devait l'avoir consulté dans le cadre du recensement des écrits nécessaire à sa recherche qui portait d'ailleurs plus précisément sur les auteurs francophones au Canada anglais entre 1950 et 1980. Cela constituait un large domaine d'études, et cet ouvrage, comme beaucoup d'autres, lui avait servi probablement de donnée statistique. Il me confirmait cependant que le recueil était toujours répertorié à la bibliothèque nationale d'Ottawa et selon les registres il n'avait pas été consulté depuis longtemps. À la suite de brèves recherches, il n'avait rien trouvé de plus à propos de l'auteure. Il m'a souhaité bonne chance dans ma démarche, désolé de ne pouvoir m'en apprendre davantage.

À nouveau, j'ai eu l'impression que la vérité m'échappait alors qu'elle était si proche.

36

Quelques jours plus tard, j'ai invité Eugénie à me rejoindre dans la nuit, et nous sommes allés ensemble dans la maison de mes grands-parents. Il n'y avait plus rien hormis quelques boîtes de cartons et des outils utilisés par mon père pour les derniers travaux. Il avait effectué du travail de plâtre dans toutes les pièces pour réparer ce que des décennies de vie familiale avait abimé, puis il avait repeint les murs en blanc pour laisser la lumière s'y engouffrer par les fenêtres débarrassées des épais rideaux de tissu. Il avait réparé des serrures, huilé des gonds, fixé des moulures et ciré des planchers. Dans quelques semaines, la maison renippée serait officiellement en vente. Vide, elle paraissait plus grande, et son histoire de plus en plus petite.

Il n'avait pas encore touché au bureau de mon grand-père, et les animaux empaillés étaient toujours accrochés aux murs parce qu'il ne savait pas encore s'il devait s'en débarrasser ou trouver quelqu'un intéressé à les reprendre. Il y avait là une tête de chevreuil aux bois immenses qui dominait par sa taille une bernache sur un socle où il avait collé du sable, un raton laveur, une marmotte debout sur ses pattes arrière, un écureuil sur une branche serrant une pomme de pin entre ses pattes, un geai bleu et un cardinal se faisant face sur une mangeoire juste à côté d'un carcajou toutes dents dehors. Et un harfang des neiges déployant ses ailes majestueuses au-dessus du bureau où il travaillait.

- Quand j'étais enfant, tout ça m'impressionnait beaucoup. J'y pensais souvent avant de m'endormir, et ça me faisait un peu peur.

- Pourquoi tu viens encore ici, m'a demandé Eugénie assise sur le rebord de la fenêtre.

- Par nostalgie, ai-je répondu en souriant. Non, évidemment! Je ne sais pas pourquoi. J'y suis attaché d'une certaine façon. Comme une mauvaise habitude?

- Ton grand-père aimait bien ce qui était figé on dirait. Les photos, la taxidermie…

- Oui et c'est paradoxal pour quelqu'un qui a passé sa vie sur la route. Peut-être que c'était sa façon à lui de trouver le repos?

Eugénie a marché dans le bureau, passé ses doigts sur le plumage de la bernache, touché les dents pointues du carcajou.

- Qu'est-ce que vous allez faire de tout ça? a-t-elle demandé en jetant un coup d'œil circulaire sur les bêtes immobiles.

- Je ne sais pas. Mon père décidera. Si ça ne tenait qu'à moi, je jetterais tout dans le container. Il m'est arrivé de penser que c'était sa famille que mon grand-père avait empaillé et fixé sur les murs. Que c'était la seule façon qu'il avait trouvée de vivre au milieu de nous avec le silence et des regards neutres posés sur lui.

Eugénie s'est rapprochée de moi.

- Alors dans ce cas, toi tu serais le cardinal, un bel oiseau qui ne sait pas qu'il est beau et qui laisse sa part au geai bleu dans la mangeoire parce qu'il croit qu'il ne la mérite pas.

Nous sommes sortis du bureau, et j'ai allumé un feu dans le salon. Eugénie a sorti une bouteille de gin de la poche de son manteau, et nous

174

avons bu au goulot chacun notre tour. Avant celle du foyer qui crépitait, la chaleur de l'alcool nous a réchauffé.

-Pourquoi viens-tu toujours quand je t'appelle? Pourquoi tu me laisses cette place dans ta vie?

Eugénie s'est éloignée un peu, de sorte que je ne pouvais pas distinguer les traits de son visage dans l'obscurité que la lumière des flammes ne pouvait atteindre.

-J'ai tout fait vite dans la vie, moi. J'ai marché à 8 mois, perdu mes dents de lait à 5 ans, j'ai été menstruée à 10, j'ai fait l'amour pour la première fois à 13, j'ai avorté à 14. Je suis tombée follement amoureuse à 17 ans, je me suis mariée à 19, et j'ai eu mon fils à 21. Et j'ai trompé mon mari à 30 ans parce que j'ai cru que c'était la seule façon de ne pas le quitter. Je serai ménopausée à 40 et sénile à 60, a-t-elle ajouté en ricanant. J'ai toujours ressenti une urgence. Toi, tu es inscrit dans cette logique, dans ma peur de rater quelque chose, de chercher le bonheur partout, le plus vite possible. De vivre avec le dilemme des remords ou des regrets.

J'ai souri en m'approchant d'elle. On est toujours la personne la plus habile pour se dénigrer.

-Il ne t'aime plus?

-Au contraire. Il me traite comme sa reine. Mais je crains que pour moi l'amour soit comme le reste, qu'il se soit consumé trop vite… Je suis ici avec toi pour repousser l'échéance, je crois, pour essayer de m'en vouloir de lui être infidèle. Pour me convaincre d'ouvrir les yeux sur la chance que j'aie de l'avoir dans ma vie… Mais j'ai peur d'avoir cassé quelque chose qui ne se répare pas.

Eugénie a fondu en larmes et s'est agrippée à moi. J'étais plus démuni encore que je ne l'avais été avec Lou la première fois qu'elle avait pleuré pour un garçon.

-Tu pourrais m'aimer Jules?

Dans les moments importants de ma vie où il avait fasllu que je fournisse une réponse claire et franche, j'avais laissé au silence le soin de répondre à ma place. Mais ma lâcheté maquillée de pudeur ne trompait plus personne, elle blessait et me laissait interdit devant la détresse qui me faisait face. Eugénie avait l'air d'une enfant qui implore l'amour de ses parents pour exister.

-Je ne sais pas si je pourrais aimer à nouveau.

37

Lou avait la tête accotée à la vitre de l'auto. Le soleil était doux et réchauffait l'habitacle. Elle avait souri à mon arrivée à l'école le matin où j'étais allé la chercher. Elle m'avait jeté un regard complice lorsque j'avais prétexté des raisons familiales pour justifier son absence des prochains jours à la secrétaire.

Elle avait même ri dans l'auto en voyant mon sac d'épicerie rempli de chips, de liqueurs et de chocolat. Je n'avais rien dit sur la destination, et Lou n'avait pas insisté. Ça n'avait pas d'importance.

Le Ipod branché à l'autoradio, elle contrôlait l'ambiance musicale. J'ai réussi à soutirer quelques morceaux de *Florence and the machine* et des *Pixies* qu'elle détestait autant que sa mère. Elle s'était bouché les oreilles en m'entendant hurler en cœur avec Black Francis sur la chanson *Tame, Cookie i think you're...* J'ai tenté aussi de lui transmettre ma passion pour Nina Simone, sa voix, sa fragilité, sa façon de faire pleurer les mots, mais elle n'y était pas prête, elle n'avait pas encore assez vécu.

- C'est nul papa. On va s'endormir avec cette musique, et tu vas nous faire prendre le champ...

En début de soirée, nous sommes arrivés à la porte de l'appartement que j'avais réservé sur Airbnb. Au 10ème étage d'un immeuble récent dans le quartier North York de Toronto, on pouvait voir le Lac Ontario. La nuit tombait, et la ville émergeait de l'obscurité dans une myriade de lumières. Lou a choisi une chaîne de musique à la télé et elle nous a préparé des sandwichs que l'on a mangés sur le lit. Elle a appelé sa mère sur Skype pour la rassurer. Sarah m'en voulait de faire manquer l'école à Lou et de partir comme ça sans prévenir. J'étais égoïste et inconséquent, elle avait raison. Lou a prétexté que j'étais sorti chercher le souper pour m'éviter des reproches et elle a calmé le jeu en jurant qu'elle rattraperait tous les cours manqués auprès de Jess, l'amie fidèle et dévouée. Elle communiquerait avec elle chaque jour, elle lui promettait.

Quelques minutes plus tard, mon téléphone a vibré dans ma poche. Sarah m'avait texté un message de reproches, *T'aurais pu me prévenir quand même, pfff...* Ça m'a fait du bien. J'existais!

Le lendemain matin, nous avons déjeuné dans un petit resto miteux du quartier où l'on servait « les meilleures crêpes en ville » et puis nous avons marché avec l'insouciance que le GPS de mon téléphone nous assurait. J'ai sorti la photo de ma poche et j'ai essayé de retrouver le magasin où la silhouette d'un homme s'était reflétée dans la vitrine. La rue avait changé, les enseignes aussi, mais grâce aux renseignements précis que mon grand-père avait écrits au dos de chacune des photos qu'il avait prises et en observant attentivement, je l'ai retrouvée. On y vendait maintenant des articles de sport et de camping. La façade avait été ravalée et repeinte, le lettrage sur la vitrine avait disparu et les arbres aux alentours avaient été remplacés par des lampadaires. Lou a voulu savoir ce qu'on était venu faire dans ce quartier paumé. Je lui ai raconté un peu son arrière-grand-père, sa passion pour la photo, la Corée, tout ce qui le rendait plus humain, plus sympathique, et elle m'a regardé à nouveau avec un œil méfiant. Elle m'a dit que j'étais bizarre et que, parfois, elle ne me comprenait pas. D'où sortait cet intérêt soudain pour mon grand-père alors qu'elle n'en avait jamais entendu parler au point de le reléguer au titre de lointain ancêtre, trop éloigné pour en ressentir la filiation! Je ne pouvais pas lui expliquer que Rémy était un guide et que j'avais besoin de suivre ses traces pour me retrouver.

-C'est normal, mon Lou. Je suis un vieux, je viens d'une autre planète à des années-lumière de la tienne.

-Tu ne pouvais pas mieux dire, a ricané Lou. Mais quand même, tu te reposes à Cuba et tu m'emmènes à Toronto… Si tu m'avais demandé, j'aurais préféré la plage et le soleil.

Je me suis assis sur un banc à quelques mètres de la boutique tandis que Lou y magasinait un peu, *tant qu'à être là.* J'ai financé son engouement pour un nouveau manteau *trop swag,* et ça a prolongé le sourire sur ses lèvres. Je me suis placé à peu de choses prêt dans l'angle utilisé par Rémy pour prendre le cliché. Des altocumulus se sont reflétés dans la vitrine, et elle s'est mise à bouger au rythme des nuages, comme la peau d'un serpent qui parfois ressemble au détail de mosaïques anciennes. Je n'avais pas le talent de mon grand-père pour capturer l'image et lorsque Lou est sortie du magasin, le vent l'avait déjà effacée. Mon seul talent, finalement, était de voir la beauté dans des petites choses éphémères.

Lou est venue me rejoindre sur le banc et m'a demandé à nouveau ce qu'on était venu faire ici.

-Je ne sais pas. J'avais envie de rouler. J'avais envie d'aller voir ailleurs avec toi.

Elle a roulé des yeux, elle ne pouvait pas comprendre. Alors, je lui ai expliqué qu'un jour Rémy était venu ici au même endroit pour prendre une photo qui m'avait permis de me réconcilier avec lui. Je lui ai montré l'adresse relevée sur le rapport de police de Matanzas, et elle m'a pris par la main pour me tirer vers l'avant avec l'enthousiasme et l'énergie de ses 13 ans. Quelques rues plus haut, un édifice massif abritait des bureaux. Des hommes et des femmes y travaillaient en cravates et tailleurs. On y vendait des actions, des biens immobiliers, on négociait des contrats, on défendait des intérêts. Une importante firme d'avocats en était propriétaire et avait fait sa réputation en recrutant les meilleurs à travers le pays, dont Edward 60 ans plus tôt. Une imposante plaque dorée où l'on avait gravé le nom de la firme était fixée au mur massif près de la porte d'entrée. Certains employés déjeunaient le midi dans un restaurant au bas de l'immeuble en lisant des articles sérieux sur leur téléphone intelligent, d'autres marchaient jusqu'à l'arrêt d'autobus qui descendait vers le centre-ville. Autrefois, il y avait en face un petit square sous l'ombre des chênes en bordure. Des familles s'y promenaient, et les enfants y apprenaient à faire de la bicyclette. Parfois, un marchand ambulant posait sa roulote et y vendait des gaufres, des barbes à papa, des cornets de crème glacée. L'hiver, le centre du parc se transformait en patinoire. Edward devait y amener ses enfants et s'assoir sur un banc en oubliant le vacarme des voitures. Et puis, il remontait la rue où les commerces fleurissaient. Les gens qui le croisaient alors le trouvaient-ils triste, voyaient-ils dans ses yeux tous les regrets universels? Sa silhouette sur les trottoirs était celle d'un vagabond en fuite.

Tous deux avaient un jour parcouru ces rues, peut-être à leur retour de Corée. Était-ce lors d'une visite faite à Edward que Rémy avait pris ce cliché?

Un jour, Rémy avait fait de cette vitrine le cadre où il apparaissait aux côtés d'un passant dans la rue devant la façade d'un immeuble. Rien ici ne méritait que l'on se déplace pour immortaliser l'endroit, mais je m'y suis senti aussi bien que s'il s'agissait d'un lieu familier. Dans cette rue aux trottoirs gris, aux façades tristes, il m'a semblé me rapprocher de lui. Le brouhaha de la ville a transporté le souvenir de sa voix quand il était assis sur le fauteuil dans son salon, un jour d'anniversaire dans un décor de résine...

38

Au matin, on a repris la route sous le soleil le long du lac Ontario. Lou a texté Sarah pour lui donner de ses nouvelles, mais celle-ci m'en voulait de lui faire manquer l'école sans raison valable. Malgré les reproches et la froideur de ses textos, sa colère m'était plus douce que son indifférence. Elle était avec nous dans la vibration de ses messages entrant sur mon téléphone dans ma poche. Lou a mis ses écouteurs sur ses oreilles et s'est endormie. Je l'ai couvée du coin de l'œil, sa présence me faisait du bien. La route s'étirait au loin et suivait la direction des lignes électriques, beaucoup plus loin encore que le regard ne la portait. Pas de radio, pas de musique, le seul bruit de la mécanique, le frottement des pneus sur l'asphalte, le vent qui sifflait parfois dans les vitres et la respiration paisible de Lou. Le seul réconfort était d'aller là-bas sans estimer la distance ni le temps que ça prendrait. Juste poser les deux mains sur le volant, en avoir le contrôle, ressentir la vibration du mouvement. Ne me fier qu'au soleil et aux nuages, et sentir la route. Avancer, avec Lou à mes côtés.

J'ai ouvert le coffre à gants et j'en ai sorti le petit recueil de poèmes d'Ennia Arghutie que j'ai déposé sur les genoux de Lou. Plus tard, elle a caressé la couverture du bout des doigts, ressentant d'instinct la valeur de l'objet.

J'ai voulu compter les pointillés jaunes qui séparaient la route en deux comme les jours depuis le départ de Sarah, mais ils filaient trop vite. J'ai prêté des mots à l'homme empaillé et j'ai entendu sa voix éteinte. Elle résonnait doucement à mes oreilles. Les mots retrouvaient ceux de la poétesse pour écrire une histoire. Le soir même, dans l'hôtel au bord du lac, je l'ai accueillie dans le carnet bleu comme le marbre mortuaire l'épitaphe. *Il est des absences...*

Lou s'est réveillée un peu avant d'arriver. Elle m'a regardé en souriant.

J'ai arrêté la voiture près du lac, et son regard a traversé la pointe des quenouilles pour aller plus loin encore. Le vent s'engouffrait à cet endroit comme dans un couloir et s'infiltrait partout, dans ses cheveux, dans nos manteaux, dans nos oreilles. J'ai pensé que le vide de l'espace devait ressembler à ça, le silence absolu et impérial d'une symphonie sourde. J'aurais voulu cadenasser ma peine et passer mon chagrin au tamis pour n'en garder que le souvenir indolore.

Vers le nord, bien après le lac Nipissing, la route renonçait à son tracé. Une seule perspective à l'horizon s'imposait dans le murmure du frottement des quenouilles entre elles et le discret clapotis de l'eau. Sous la masse immense et menaçante des nuages charbonneux, la surface de l'eau revêtait une couleur de cendres.

Mon grand-père était-il convaincu que l'on pouvait mourir plusieurs fois dans une vie? Avait-il été envahi par cette pensée au point de ne pas voir la beauté de ce ciel se refléter sur l'eau?

On a marché de longues heures au bord du lac. Lou m'a parlé de nous et de sa peine. Elle a pleuré. Elle ne savait pas encore que les promesses sont rarement tenues par les adultes. J'aurais voulu lui expliquer que le chagrin est un trou noir. Comme l'objet céleste, compact et puissant, il empêche le rayonnement de vie de s'en échapper, il engloutit tout, même l'espoir. Mais je lui aurais dit aussi qu'il est susceptible de s'évaporer par l'influence du corps noir, son souffle de vie, celui gravitant autour de moi : ma fille.

Un chagrin d'amour n'est jamais vraiment unique, il s'imprègne d'un parfum, d'une couleur, mais la base est la même pour tous. C'est un cri que personne ne veut entendre, le reflet de mon grand-père dans une vitrine, ou l'image d'une femme aux yeux bleu dans une rue de Matanzas. Après le souper au restaurant de l'hôtel, elle est allée se coucher et je l'ai bordée avec les draps cartonneux. Elle m'a demandé en riant de lui chanter sa chanson, et je me suis couché à côté d'elle dans le noir. On a fait semblant tous les deux de ne pas être émus par ce souvenir réveillé. *Je n'avais jamais ôté mon chapeau devant personne, maintenant je rampe et je fais le beau, quand elle me sonne...*

J'ai éteint la télévision, je me suis assis sur le fauteuil près de la fenêtre puis j'ai avalé un Ativan avec un peu trop de vodka. J'ai texté Eugénie pour lui dire qu'elle me manquait, que sa douceur avait été une couverture chaude dans le froid. Elle m'a souhaité bonne nuit depuis son lit où dormait l'homme qu'elle aimait, avec qui elle passerait sa vie. Elle ne m'a pas dit que je comptais pour elle, que j'étais beau, que ça lui faisait de la peine, mais je l'ai compris.

Plus tard, j'ai eu la nausée et je me suis précipité aux toilettes pour vomir. Lou a été réveillée par mes haut-le-cœur. Elle m'a rejoint et s'est assise à côté de moi, sa main frottant mon dos. Elle m'a donné une serviette pour nettoyer mon visage puis un verre d'eau. Quand elle a vu du sang dans la cuvette, elle m'a dit un peu affolée:

- Il faut arrêter maintenant, papa. Je suis là, moi!

Je l'ai prise dans mes bras et elle m'a serré très fort par le cou. Je suis retourné me coucher avec elle et, une fois sous les draps, je lui ai raconté cette anecdote quand elle était petite.

-Un jour, je t'ai offert un filet pour attraper les papillons. Tu n'arrêtais pas de nous en parler depuis des semaines. Quand tu l'as enfin eu, tu as passé la journée dans le jardin à essayer d'en attraper. Tu me demandais sans cesse de venir t'aider, qu'ils volaient trop vite, que tu n'étais pas assez rapide. Et puis, tu as fini par en attraper un. Tu étais assise dans l'herbe près de la haie de cèdres en arrière de la maison. Il faisait chaud, tu étais en maillot de bain et tu portais le chapeau de paille de ta mère trop grand pour toi. Je me suis approché et quand je me suis assis à tes côtés, tu étais en train de déchirer les ailes du papillon. Tu me souriais en les tenant entre tes petits doigts, fière de toi.

-Pourquoi j'ai fait ça? C'est donc ben cruel!

-Tu ne voulais pas qu'il s'échappe. Tu avais eu tant de mal à l'attraper. Tu croyais que ça ne lui ferait pas mal, qu'il pouvait encore se déplacer avec ses pattes. Tu étais une enfant. Tu ne savais pas.

Lou a grimacé.

-Tu ne m'avais jamais raconté ça. Pourquoi tu me le dis maintenant?

-Je ne sais pas. Parce que je crois que, moi aussi, à ma façon, j'ai coupé les ailes des papillons que maman avait pour moi dans son ventre. Et je crois aussi que c'était pour qu'ils ne s'échappent pas.

39

Lou a lu les poèmes sur le chemin du retour. Elle les a trouvés beaux. Elle n'a pas posé de questions.

Je lui ai raconté mon grand-père dont j'étais finalement si proche. Je lui ai parlé de cet horizon des évènements dans un trou noir, la zone sphérique qui délimite la région où lumière et matière ne peuvent s'échapper. Une fois franchi, il est impossible de faire demi-tour. Rémy avait traversé le point de non-retour en acceptant sa douleur, sa *blessure hémophile*. Le trou noir avait absorbé sa vie pour n'en recracher qu'une écorce. Et c'était peut-être le trait de ressemblance le plus évident entre nous, celui que le départ de Sarah avait révélé. L'héritage le plus concret laissé par mon grand-père depuis sa mort.

Le paysage a continué de défiler. Lou a chanté pour chasser la monotonie de l'autoroute.

Beaucoup de jours avaient passé pour mon grand-père à travers les villes et les campagnes, d'un bout à l'autre des saisons. Voyager, de la maison perdue sur un rang isolé, à la Corée, puis à Cuba, sillonnant les routes jusqu'à l'épuisement. Rouler, pour ne pas s'arrêter et trouver la force dans le mouvement.

Il a laissé des vies meurtries sur le chemin. Il les a peut-être aimées, à sa façon, mais il n'a jamais pu leur en donner la certitude, étant à la fois vide et rempli d'un amour interdit. Un jour, sa vie est devenue un tableau noir sans relief ni nuances ni profondeur. La moindre couleur s'est diluée dans la grisaille épaisse d'un tarmac d'où il est parti seul.

Dans sa vie de substitut, il y avait une grande maison, une femme et des enfants. On l'attendait, on l'espérait. On le guettait par la fenêtre, on entendait ses pas, on préparait sa soupe et ses pantoufles. On posait le pain sur la table. On l'installait et le cloisonnait. On le façonnait. On l'étouffait! À l'intérieur, il criait, mais personne n'entendait. Personne ne comprenait. La nuit, il reprenait la voiture. Tous le regardaient et pleuraient dans leurs pyjamas froissés par le sommeil. Ils étaient sur le pas de la porte, un amas de souffrance et de questions. Il pensait qu'ils s'en remettraient, que rien n'était comparable à sa douleur. Leurs yeux suppliaient. Leurs cœurs se fendaient comme le bois mort dans le gel. Il ne se retournait pas. À chacun sa souffrance. La sienne avait consumé toutes les autres, puis les avait fixées aux murs de son bureau derrière des yeux de verre auxquels il offrait sa solitude.

Lou a branché mon téléphone sur l'autoradio et sélectionné par curiosité une chanson de Deanna Durbin.

-C'est qui cette chanteuse papa?

Les premières notes de *The last rose of summer* ont retenti. Ça m'a donné des frissons. Lou a voulu changer, mais j'ai insisté pour qu'elle la laisse jouer jusqu'au bout. J'aurais aimé qu'elle y soit sensible autant que moi, que cela la bouleverse. Mais elle avait toute la vie devant elle.

La nuit, Rémy partait et ne revenait pas. Il n'y avait plus de mensonges. La voiture traversait le crépuscule, elle glissait sans bruit. Au-delà des rangs, après la grande route, l'asphalte était tapissé d'une lumière d'or. Jamais plus il ne serait seul. Il ne lui restait qu'une seule mort à vivre. Il y avait un tunnel après la lumière. Un tunnel sur le jour, comme autrefois, à l'autre bout du monde. Il a rejoint le tarmac. Au bout de la piste, il y avait un avion. Il y avait la possibilité d'une vie.

- Où es-tu Jules? Que fais-tu?

Je me suis arrêté pour faire le plein d'essence tandis que Lou dormait sur la banquette arrière. J'ai répondu à Eugénie, puis à Sarah qui m'avaient posé les mêmes questions.

À son réveil, Lou s'est installée à côté de moi en avant, a retiré ses chaussettes et posé ses pieds sur le tableau de bord pour appliquer du vernis sur ses ongles d'orteils. Le geste était déjà celui d'une femme, précis et efficace. Elle m'a demandé si je trouvais ça beau, un sourire satisfait sur les lèvres, peu importe la réponse que je lui ferais. Nous nous rapprochions de chez nous, et notre parenthèse s'apprêtait à se refermer. Dans un moment, j'allais la déposer devant l'appartement de Sarah qui refermerait la porte sur moi après un accueil glacial et je repartirais seul. Lou regardait devant elle pour ne pas croiser mon regard. Peut-être était-ce au son de ma respiration qui s'accélérait, mais elle devinait toujours mes rechutes. Au moment où nous avons croisé la pancarte qui indiquait que nous entrions au Québec, Lou m'a demandé ce que voulait dire cette devise, *je me souviens.*

-Je me souviens! Je me souviens de quoi? Pourquoi cette devise papa?

-Tu n'as pas appris ça à l'école?

-Je ne sais pas, peut-être. Ça veut dire quoi?

-Je crois que ça signifie qu'il ne faut pas oublier qui nous sommes, en tant que peuple. Qu'il faut se souvenir du passé pour savoir qui l'on est et où l'on va. Un truc comme ça, j'imagine.

Lou a eu l'air songeur un instant.

-C'est comme ça pour les autres provinces, ai-je rajouté. Chacune a la sienne.

-C'est comme ça pour chaque pays aussi?

Ses mots ont résonné dans la voiture. Je n'ai plus entendu la chanson que Lou faisait jouer pour la dixième fois depuis notre départ. Rémy s'est assis derrière nous, et je pouvais voir son visage dans le rétroviseur. Il était jeune, 25 ans tout au plus. Une mèche de son épaisse chevelure noire touchait le coin de ses lèvres. Il était beau. Il ne portait pas la gravité des dernières années sur son visage. Il était tellement présent, je pouvais entendre sa respiration calée sur la mienne.

J'ai immobilisé la voiture sur la bande d'arrêt d'urgence, et Lou m'a demandé pourquoi je m'arrêtais là.

-C'est dangereux papa, qu'est-ce que tu fais? Tu ne te sens pas bien?

Je n'ai pas répondu. J'ai pris le petit recueil et je l'ai ouvert à la dernière page, celle du poème retrouvé dans les affaires de Rémy. Je l'ai relu encore une fois et j'ai pensé que j'aurais pu l'écrire à Sarah. J'ai refermé le livre. J'ai regardé à nouveau dans le rétroviseur, et Rémy m'a souri. On venait de se rencontrer pour la première fois.

40

Le pays du matin calme : bien qu'impropre, cette expression est encore largement utilisée à l'étranger pour désigner la Corée... Ainsi commençait le premier article proposé par le moteur de recherche lorsque j'avais tapé *les matins calmes* sur Google. Sans le savoir, Lou m'avait permis de comprendre le mystère autour de mon grand-père. Cette histoire avait finalement toujours été au cœur de la maison de mes grands-parents, dans les poèmes du petit recueil. L'essentiel était écrit noir sur blanc, mais les mots prenaient véritablement un sens en dehors des pages. Malgré mes recherches des semaines précédentes, je n'avais rien appris sur Ennia Arguthie parce qu'elle n'existait pas. Ennia Arguthie c'était Edward. Il avait publié ce recueil sous un pseudonyme féminin pour garder l'anonymat et fausser les pistes. Et ce titre avait été le seul indice laissé subtilement derrière lui. Ses poèmes étaient des souvenirs de ce temps passé au pays des matins calmes avec Rémy, mais aussi une déclaration d'amour sur un amas de remords de ne pas l'avoir assumée.

J'ai hésité un moment à faire part de ma découverte à Georges Stillman. Son père lui avait caché une partie importante de sa vie et en quelque sorte, la personne qu'il était vraiment. Il s'était donné la mort parce que le mensonge pesait trop lourd sur ses épaules. *Les matins calmes* était destiné à mon grand-père. C'était une bouteille à la mer, une demande de pardon pour ne pas l'avoir suivi à Cuba, malgré les promesses. Il n'avait pas su vivre avec les choix qu'il avait faits à une époque où l'on ne bifurquait pas du chemin tracé par la société. Peut-être s'étaient-ils promis de ne plus se quitter à leur retour de Corée, et de partir ensemble là où ils seraient loin de l'avenir décidé à leur place? Ils avaient imaginé une vie douce, un long voyage à deux qui devait débuter à Cuba au bord d'une baie paradisiaque. Ils s'étaient nourris d'espoir. Mais Edward n'avait pas pu affronter le regard des autres ni dévier de la trajectoire bien rectiligne de sa vie.

Tous les morceaux du casse-tête se sont imbriqués les uns dans les autres et, une fois en place, le tableau était harmonieux.

J'ai refermé ma messagerie après avoir envoyé un courriel où je me contentais de remercier Georges Stillman pour son temps et sa patience. Peut-être avait-t-il trouvé du réconfort en partageant sa douleur? Tout comme moi, il avait cherché à retrouver un homme disparu trop tôt, il avait essayé de le comprendre.

J'ai revu la photo de l'enfant sur les genoux de son papa dans le bureau de Stillman. Et l'homme qui regardait son fils dans les yeux, c'était celui dans la vitrine du magasin photographié par mon grand-père caché derrière son Minolta dans le même quartier que le bureau de la firme. Bien sûr que c'était lui. L'homme qui marchait en tournant la tête vers la vitrine, c'était Stillman, ça ne faisait aucun doute. Rémy avait-il cédé à son envie de le revoir, de capter une ultime image de lui, pour la seule photo où ils figureraient tous les deux? Il avait gardé ce secret en le cachant dans ce cliché qui, à première vue, racontait une autre histoire. Qui aurait pu découvrir ce que Rémy avait vraiment voulu saisir dans cette image? Il aurait fallu connaître la Corée, l'affaire cubaine, le lac

Nipissing, près de North bay, et les années de pèlerinage. Il aurait fallu lire les poèmes d'Ennia Arguthie pour voir autre chose dans la vitrine du magasin. Ils s'étaient interdit d'être heureux ensemble sans voir le mal qu'ils faisaient autour d'eux. Et quand ils avaient réalisé l'un et l'autre qu'il était trop tard pour changer de vie, pour faire face au mensonge et confronter les cœurs démolis, l'un avait choisi la mort et l'autre la vie de fantôme. Ils avaient refusé le combat. Rémy et Edward étaient une roche cassée en deux. Il aurait fallu plus d'une vie pour arrondir la tranche coupante de la cassure sur laquelle deux familles s'étaient écorchées.

Sur son bureau, c'était écrit, le petit carton envoyé par la poste le certifiait. C'est arrivé un jour de mai 1969 sur le bord du lac Nipissing. Rémy venait de franchir l'horizon des évènements, le point de non-retour, entre les murs de sa propre maison. Un enfant triste l'observait dans l'entrebâillement de la porte de son bureau, implorant son regard, mais il était déjà trop tard. Il lui était étranger.

Combien de jours encore? Combien de jours avant la dernière mort?

41

En fin d'après-midi, je suis allé chercher mes photos après avoir reçu l'appel de la caissière du *Jean Coutu*. Je n'ai pas pu attendre d'arriver chez moi pour découvrir le contenu et j'ai ouvert l'enveloppe dans ma voiture. Elle ne contenait que deux photos en noir et blanc. La première était celle que j'avais prise malgré moi dans le garage de mes parents. Sur la deuxième, on voyait la moitié du visage un peu flou de mon grand-père. Il était dans son bureau du côté de la fenêtre. Légèrement surexposée et mal cadrée, la photo avait de toute évidence été prise accidentellement. Peut-être nettoyait-il l'appareil lorsqu'il a appuyé sur le déclencheur ? La tempe grisonnante, la pommette saillante et la joue creuse, il portait les stigmates de la maladie. Il s'agissait de la dernière photo prise par Rémy sur la dernière pellicule lui ayant servi de passerelle vers une rive qu'il n'avait pu atteindre. J'ai ressenti une vive émotion devant le cliché que j'étais le premier à découvrir et le seul sûrement à lui accorder de la valeur. La paupière tombante, diaphane, dissimulait à moitié son œil cerné. De profondes pattes d'oie creusées par les années et la consommation de tabac pénétraient sa chevelure. Derrière lui, une photo sur le mur apparaissait beaucoup plus nettement. Un champ, un arbre sans feuilles, une clôture presque ensevelie sous la neige et, au-dessus du cadre, un harfang empaillé qui déployait ses ailes et semblait sortir du paysage. C'était peut-être le cliché qui lui ressemblait le plus. La meilleure représentation de sa vie. J'avais l'impression que l'essentiel était ailleurs, tout autour ou à un autre moment. Partout sauf là, assis à son bureau ou dans sa voiture. J'ai eu de la peine pour lui comme il en aurait eu pour moi, certainement, s'il avait été encore en vie.

Un peu plus tard, Eugénie est venue me rejoindre pour la soirée. Assise à la table devant la photo, elle caressait son verre du bout de l'index et dessinait une ligne en spirale jusqu'au pied, à l'endroit où s'arrêterait notre histoire une fois que les verres seraient vides. Elle s'était ennuyée de moi, de mon dos, de mes lèvres, et moi, de sa façon de glisser dans les pièces de la maison en laissant un peu de vie derrière elle.

On a joué à choisir chacun son tour un morceau de musique sur Youtube que l'on faisait écouter à l'autre à l'aveugle et qui devait en retrouver le titre. Ça nous faisait rire, et l'on remplissait nos verres en s'amusant de l'ignorance de l'autre. Je n'avais jamais joué à ce jeu avec Sarah parce que Youtube n'existait pas à nos débuts, et ensuite, le quotidien ne nous avait laissé que des instants amers et de la fatigue. De toute façon, on ne voyait plus la légèreté. On avait superposé trop de filtres déformants sur le regard que l'on posait sur l'autre. Derrière nos loups, on se renvoyait l'image d'êtres aux émotions prisonnières de leurs ressentiments.

J'ai fait jouer un album de *Sigür Ros,* et on a commencé à parler de bouquins. J'adorais l'écouter me décrire un livre, me parler d'un auteur et s'enflammer pour une histoire. Elle m'a partagé ses coups de cœur, les livres qu'il fallait absolument lire dans une vie, et j'ai pris des notes en lui promettant d'être digne de son enseignement dispensé lors de nos soirées secrètes. On a fouillé dans ma bibliothèque, et elle en a sorti quelques romans dans lesquels elle a écrit des petits messages.

- Tu les liras plus tard, quand je serai partie. Comme ça, tu penseras un peu à moi.

C'était un bon moment. Je commençais à ressentir une douce ivresse et l'envie qui l'accompagnait de me coller à une peau chaude, dans des bras réconfortants. Elle a mis la main sur le recueil rouge et l'a sorti de la bibliothèque. Assis côte à côte sur le canapé du salon qui avait déjà été propice aux apparitions, on ressemblait à un couple. Ça me faisait de la peine de ne plus être capable d'aimer. Eugénie a lu chacun des poèmes à voix haute, de sa belle voix douce et chaleureuse dont l'alcool avait fait fleurir les intonations. À la façon théâtrale d'un professeur de fac dont elle avait été amoureuse, elle a réanimé les mots et j'ai eu l'impression d'entendre Edward les susurrer à l'oreille de Rémy. Avec le sérieux de l'étudiante passionnée par les paroles de son maître, elle a analysé les poèmes comme elle l'avait fait à l'université lorsqu'il fallait faire parler les textes des auteurs immortels.

Et tout au long de cette nuit passée ensemble, on a réécrit l'histoire de ces deux hommes et de leur amour beaucoup trop grand pour être vécu. On s'est laissé guider par les mots d'Edward et ses empreintes laissées dans l'encre noire d'un petit livre dont il aurait fallu beaucoup plus de pages. Et peut-être qu'Edward lui-même nous a soufflé les mots.

667

Il a remonté lentement la côte ensanglantée, une route cahoteuse et interdite. Il est apparu au sommet des crêtes, un double au soleil jaloux...

Edward avait rencontré plus que la mort cette nuit-là. Il avait découvert la peur, une vibration au plus profond des os. Un homme avait remonté la colline, zigzaguant entre les corps, presque trop léger pour la circonstance. Il avait pensé que l'amour était une évidence. À partir de ce jour terrible, le lendemain d'un affrontement d'une rare violence, les deux hommes avaient fait la route ensemble. Ils avaient retrouvé la légèreté que la guerre leur avait enlevée. Dans les camions chahutés par les routes trouées d'obus, ils avaient appris à se connaître. Rémy avait raconté son village, la terre lourde sous les bottes, l'avenir sans surprise et l'appel qu'il avait ressenti de sortir de cette vie, de rejoindre le mouvement et de trouver ce qui lui avait manqué et qu'il n'avait jamais su s'expliquer.

Edward avait ressenti la même chose depuis son quartier de Toronto où il avait grandi. Dans sa maison, on parlait plusieurs langues, on accrochait des diplômes autour d'une bibliothèque. On traçait des destins selon une perspective familiale d'ascension sociale. En partant pour la Corée, il avait repoussé l'échéance, contrecarré momentanément le plan déjà écrit. Il avait cligné des yeux une fraction de seconde sur sa vie.

Nuit

...le seul vacarme de la nuit désormais, c'est ton souffle juxtaposé au mien...

La nuit avait fondu sur un jour clair et glacial. Ils avaient loué une chambre d'hôtel sur la route 117 à l'entrée de Mont-Laurier. À la réception, le regard d'une femme avait remplacé les bombes coréennes, une arme plus redoutable encore. Pas de question ni de haine, pas de dégoût. Juste un regard différent. Un regard qui souligne la différence, l'encadre, l'inscrit en caractère gras. Puis le silence qui crache tous les mots sales. L'évidence que rien ne sera jamais évident. Ils avaient su que cet amour se vivrait la nuit quand on ne distingue pas les visages fermés.

Tarmac

…j'ai au cœur une blessure hémophile…

Rémy était monté seul dans l'avion pour Cuba. Il avait attendu Edward jusqu'à la dernière minute. Il s'était assis à côté d'un siège vide, un espace qui ne serait jamais comblé. En quittant le tarmac, Rémy avait reçu en plein cœur tous les éclats d'obus qui n'avaient pas troué sa peau sur la colline 667. La blessure était profonde. Elle n'avait jamais cessé de saigner. Le sang s'était répandu et avait baigné le moindre de ses mouvements, laissé des traces sous ses pas. Rémy avait glissé sur la vie en évitant tout contact, comme un hémophile se préserve des blessures en fuyant les angles et les arêtes.

Pendant des semaines, il avait rejoint chaque jour le tarmac de Varadero pour y voir atterrir des avions dont Edward ne descendait pas. Sous le soleil de feu qui aurait dû réchauffer leurs cœurs, Rémy s'était consumé.

À chaque avion qui décollait après avoir déversé un flot de corps inutiles, Rémy avait maudit le ciel trop bleu et trop grand pour lui tout seul.

Eugénie et moi parlions à tour de rôle sur le même ton, presque d'une seule voix. Eugénie commençait une phrase que je terminais et elle trouvait des mots quand j'en manquais. L'un et l'autre avions imaginé de la même façon ces deux hommes et leur histoire d'amour que la correspondance avec Suarez avait évoquée.

Amour

…il est des absences dont jamais on ne se console…

Tout était là, sur la table du salon, dans les lettres de Rémy récupérées chez Suarez, dans les photos où l'on ne distingue que des reflets et dans les poèmes en messages codés que l'on déchiffre avec la blessure de l'amour. Quelle avait-été l'émotion de Champollion face au pouvoir que la pierre de rosette lui offrait pour décoder les hiéroglyphes? Eugénie a vidé son verre avant de le déposer dans le lavabo encombré. Et elle a fait exactement la même chose qu'à chacune de ses visites. Elle a chaussé ses bottines à fermeture éclair sur le côté, enfilé son manteau, noué le foulard noir autour de son cou. Elle a ramassé son sac en vérifiant s'il contenait ses clés et ses cigarettes. Elle m'a donné un baiser sur la bouche, léger, presque volé, et elle m'a dit bonne nuit, fais attention à toi, en emportant le souvenir de mon odeur. Elle a fermé la porte derrière elle pour ne pas laisser entrer la nuit. J'ai vu les phares de son auto balayer la maison en reculant. Elle a peut-être aperçu ma silhouette dans le cadre de la fenêtre et elle a enclenché la première vitesse, puis la deuxième avant de se laisser porter par la descente de ma rue.

J'ai pris dans ma bibliothèque le *Requiem des innocents* de Louis Calaferte, et sur la première page elle avait écrit :

On dit qu'il y a autant de fins que de commencements dans une vie. L'une vient forcément avec l'autre.

42

Mon père est venu me chercher chez moi. Il pleuvait. Une pluie froide de printemps ruisselait et creusait la terre sur les bas-côtés de la route. La rivière en bas de chez moi avait à nouveau menacé de sortir de son lit. Elle avait grondé toute la nuit, nourrie par un ciel déboussolé. Dans quelques jours, ce serait mon anniversaire, le deuxième sans Sarah. Durant le trajet, papa m'a demandé si je voulais aller au restaurant pour le fêter en famille. Il a parlé de ses projets de rénovation dans sa maison, de ma mère qui se plaignait du froid, de la grisaille déprimante. En juillet, avec le retour des beaux jours, il prendrait peut-être un chien, un labrador, comme celui de mon enfance que mon père avait tant pleuré à sa mort. Il le promènerait en laisse sur les sentiers aménagés dans le bois, ça leur ferait faire de l'exercice. Ils en avaient besoin après ce long hiver enfermé et la sclérose de la vieillesse qui les guettait. Et puis, il pensait déjà au potager, aux légumes à récolter. Il voulait amener Lou en vacances aussi, et pourquoi pas tous ensemble, quelques jours dans un chalet. Elle aimerait ça, tu crois?

Nous sommes arrivés à l'éco-centre de la région et nous nous sommes enregistrés à l'accueil auprès d'un étudiant que nous dérangions dans sa lecture. Papa avait chargé la caisse de son camion de cartons plein d'affaires auxquelles il avait finalement renoncés et l'avait recouvert d'une bâche. J'avais raison au fond, il ne s'en servirait jamais. Il n'en avait pas besoin pour se souvenir de sa mère et n'en ferait jamais rien de toute façon. On a déchargé le tout dans les containers qui recueillaient tantôt le bois, tantôt le métal et tantôt le plastique. La pluie a redoublé sur nos épaules pendant le déchargement nous glaçant le corps. Et cela l'a fait rire parce qu'il n'y voyait plus rien dans ses lunettes.

On est retournés en courant dans le camion et, malgré le chauffage à fond sur nos jambes, on n'a pas réussi à se réchauffer. J'ai mis mes mains sous mes cuisses pour atténuer la sensation d'engourdissement et le picotement au bout de mes doigts. Papa m'a dit qu'on reviendrait un autre jour pour apporter le reste. Il se sentait bien, je crois. Sur le chemin du retour, il a parlé de Rémy et du poids de son absence. Il a dit que l'on accordait toujours trop de place à ceux qui n'étaient plus là. Pour moi c'était Sarah et, pour elle, c'était son frère. On était tous pareils, c'était comme ça, les humains avaient un penchant absurde à passer à côté de ceux qui les attendaient. C'était à n'y rien comprendre. Il avait raison. J'avais failli moi aussi passer à côté de Lou. À sa façon toujours délicate, il voulait me dire qu'on m'attendait moi aussi.

Sa barbe avait blanchi, ses cheveux s'étaient clairsemés malgré la mèche qu'il rabattait sur le sommet de son crâne par coquetterie, son corps s'était alourdi et les lunettes de vue avaient remplacé les lunettes de soleil sur son nez, mais à mes yeux il était le même. La vie avait passé et il l'avait traversée comme il l'avait pu avec une succession de bonheurs et de malheurs, de réussites et d'échecs. Son père lui avait toujours manqué, il n'avait pas besoin de le dire, et cela avait formé une sorte de douleur calcifiée par la colère.

En arrivant chez moi, je l'ai invité à prendre un café le temps de faire sécher ses vêtements. Un café décaféiné, bien sûr, pour ne pas hypothéquer sa sieste de l'après-midi. Je lui ai parlé de Lou et de notre petite escapade à Toronto. Il a regardé en souriant le mur qui faisait le coin entre la cuisine et le couloir menant aux chambres, et il a vu les petits traits de crayon qui avaient marqué la croissance de Lou au fil des ans. Il s'est levé pour suivre avec l'index le temps qui avait filé.

-Elle a grandi si vite, la petite. J'ai l'impression qu'elle pousse à vue d'œil.

Il ne l'a pas dit, mais il aurait aimé retenir encore un peu ce qui restait de son enfance. Je le voyais à son regard. Il s'est approché du mur et a remarqué le trait de Sarah et le mien que Lou avait eu en ligne de mire toutes ces années où elle s'amusait à regarder son nom rattraper les nôtres.

-Elle est déjà aussi grande que sa mère. Il s'est retourné vers moi, presque désolé d'avoir évoqué Sarah. Il connaissait mes sourires qu'un pincement au cœur tirait au coin des lèvres.

-Oui, elle est aussi grande qu'elle. Et elle lui ressemble de plus en plus.

-Oui, de plus en plus.

J'ai pris le recueil de poèmes déposé sur une étagère de la bibliothèque et je lui ai donné.

-Tiens, il appartenait à ton père. Je pense qu'il y tenait, il est encore en parfait état. Tu devrais peut-être le garder, il y avait si peu de choses à lui dans toute la maison.

Papa l'a pris dans ses mains et feuilleté rapidement. Il ne se souvenait pas l'avoir déjà vu.

Je n'ai rien dit de plus, mais à sa façon de manipuler le livre, de le sentir du bout de la pulpe des doigts, j'ai su qu'un jour je lui raconterai. Il me fallait du temps encore pour trouver les mots, pour remplir le vide de tout ce qui n'avait jamais été dit. Mais je lui devais au moins ça alors qu'il avait appris à m'aimer sans aucun modèle. Ce petit livre rouge qui passait de ma main à la sienne, c'était un pas vers Rémy et la réconciliation.

Il a terminé son café, récupéré son manteau dans la sécheuse et il est retourné chez lui en faisant un crochet par la maison de ses parents. L'agent immobilier avait planté sa pancarte près de l'érable rouge dans la matinée, et ça lui a fait quelque chose. Il avait aimé voir depuis la fenêtre de la cuisine, l'automne dérouler le tapis incarnat sur la pelouse. Certains soirs d'octobre, le soleil descendait sur l'horizon et, pendant quelques secondes, cela donnait l'illusion d'une mer rouge qui se confondait avec le ciel. C'était un moment rare, une sorte de phénomène surnaturel attaché à la maison. Un spectacle aux représentations limitées qu'il ne verrait nulle part ailleurs.

Une fois assis dans son fauteuil devant la télé, il s'est endormi en pensant à cette après-midi sur le bord du lac Ontario près de Cobourg quand il était enfant. Aucun souvenir de son enfance n'était plus précis que celui-là et il se plaisait à le revisiter, ressassant des détails que le temps risquait d'engloutir.

En creusant des douves tout autour du château, il avait traversé la couche de sable et rejoint des strates de sédiments. Les doigts enfoncés dans la terre compacte, il s'était usé les ongles pour atteindre la profondeur désirée afin d'assurer une défense efficace contre les assauts d'ennemis à qui son imaginaire allait bientôt donner corps. Lentement, l'eau s'était infiltrée dans le sable et avait rempli le fossé qui menaçait de s'effondrer. Avec un bout de bois, il avait tracé un chemin vers le lac puis creusé une tranchée pour en évacuer l'eau.

Installé sur sa chaise longue, Rémy l'observait et lui prodiguait quelques conseils pour mener à bien sa mission. Mon père buvait ses paroles et redoublait d'efforts. Il creusait avec acharnement et enlevait tous les cailloux en faisant levier avec le bout de bois pour, ensuite, en faire une digue. Rémy s'était levé pour ramasser l'une des pierres mises de côté par mon père. Sa forme ovale avait attiré son attention. Agenouillé au bord de l'eau, il avait frotté et gratté la petite ogive boueuse avec son pouce. En la rinçant, il avait réussi à enlever le dépôt qui la recouvrait. De retour dans la maison de location, à l'aide d'une brosse en poils rigides et avec une serviette, il avait frotté longuement la pierre sous l'œil intrigué de mon père. Rémy avait tenu la petite ogive dans la paume de sa main pour mieux l'observer. La pierre taillée, constellée d'éclats ressemblait à une carapace de tortue. Les extrémités étaient usées mais elles avaient déjà été coupantes, suffisamment pour pénétrer la chair d'un animal.

- Qu'est-ce que c'est? avait finalement osé demander mon père.

- C'est une pointe de flèche, je crois.

Mon père avait regardé Rémy avec admiration.

-Sûrement la pointe d'une flèche d'un chasseur Huron. Leur territoire s'étendait jusque sur le bord du lac autrefois.

Rémy avait pris la main de mon père et y avait déposé la pierre.

-Tiens! Ne la perds pas, c'est assez rare.

Mon père avait souvent imaginé un guerrier Huron bander son arc vers le ciel et viser un escadron de bernaches. La flèche avait fendu l'air, puis transpercé l'oiseau avant de retomber sur le bord de l'eau. Les sédiments l'avaient recouverte et elle avait retrouvé sa place dans la terre d'où elle avait été extraite. Le peuple Huron avait disparu, les esprits s'étaient tus, des maisons avaient poussé sur le bord du lac et l'on avait recouvert la rive d'une couche de sable pour le confort des vacanciers. Des enfants avaient bâti des châteaux invariablement détruits par les éléments jusqu'à ce que l'un d'entre eux la sorte de son repos.

Elle avait été rangée dans le tiroir d'une chambre d'enfant, puis sur un rayon de bibliothèque dans un salon. Elle était passée de main en main sous des yeux curieux. Un jour, elle changerait de main encore, sous un autre toit, puis un autre encore. Elle accompagnerait peut-être d'autres vies, mais un jour, c'est certain, elle retrouverait le contact de la terre, le silence et la paix, le seul endroit où elle avait vraiment sa place et où l'on ne verrait plus les profondes entailles qui l'avaient transformée à jamais. Au terme de jours innombrables, il n'y aurait sur elle plus aucune trace de ce temps qui avait pourtant existé.

43

Un jour, j'avais tenu la main de Sarah dans la mienne. J'avais embrassé ses lèvres. Je lui avais fait un enfant. Et autour de tout cela, il y avait eu des milliers de jours, des années, une vie. Puis une fin. Nous avions construit quelque chose qui durerait encore après nous. Roger, Eugénie, ma sœur et même le docteur Falardeau m'avaient dit que la reconstruction débutait sur ce qui avait existé. Ils me disaient de regarder devant, au loin, vers l'horizon dont ne se rapproche pourtant jamais. Et je ne parvenais pas à m'en consoler.

Quelques jours avant son anniversaire, Lou nous a demandé de manger au restaurant tous les trois, comme avant, quand la cellule familiale existait encore. Sarah n'y avait vu aucune objection et, moi, j'ai accepté pour faire plaisir à Lou et parce que ce droit lui revenait. J'étais passé les prendre à la nouvelle maison où Sarah venait d'emménager et nous avions fait le trajet ensemble. Lou avait papoté tout le long, et Sarah avait ri quand je me m'étais trompé de rue pour accéder au stationnement du restaurant. Elle s'était même amusée avec Lou de mon sens de l'orientation toujours aussi déficient.

Le repas avait passé trop vite. Lou avait déballé son cadeau au dessert après que la serveuse lui ait apporté une part de gâteau avec une bougie. Elle avait fait un vœu en soufflant sur la flamme et, secrètement, j'avais espéré qu'elle souhaite nous voir réunis. Lou avait bondi de joie en découvrant son téléphone, celui qu'elle avait demandé avec insistance pendant des mois et qui faciliterait *tellement* la communication entre nous. Je lui avais permis de boire un fond de verre de vin blanc avec moi, Sarah ne buvant jamais d'alcool, et on avait trinqué à sa santé. Tout était comme avant ou presque. J'ai fait mine d'ignorer les regards que Sarah jetait sur son téléphone à chaque fois qu'un message entrait. Elle les lisait avec un sourire que je connaissais bien et qui autrefois m'était adressé.

Au retour, Lou s'était branchée à sa musique sur son téléphone, et le silence avait glissé sur nous. Sarah avait baillé, sa semaine avait été longue et pénible au travail. Elle avait hâte de se coucher. Moi, j'aurais pris tous le détours possibles pour prolonger ce moment si elle n'avait pas été si attentive à l'itinéraire.

Quand nous sommes arrivés devant chez elle, Sarah m'a demandé si je voulais entrer pour visiter.

Je n'ai pas pu refuser, sachant pourtant que j'allais découvrir un endroit sans aucune trace de moi, une vie où je n'avais plus de place. Les meubles étaient les mêmes, les décorations aussi, achetés ensemble pour la plupart, mais disposés selon un ordre qui ne correspondait plus à notre histoire, mais à une autre chronologie. L'odeur aussi, celle du foyer, n'était plus la même. Il y manquait la mienne, mêlée à celles de Sarah et de Lou, à un parfum, à l'odeur des livres, à la cire d'une bougie odorante. J'entrais dans un espace où je n'aurais jamais de souvenirs. Il n'y avait pas ici de cadre de porte où j'avais inscrit au crayon à mine la croissance de Lou. Sarah m'a guidé à travers les pièces, un salon, une petite salle de bain et deux brosses à dents dans un verre, une cuisine avec une table sans trace de brûlure, un couloir étroit, la chambre de Lou, turquoise et encombrée de toutous, et celle de Sarah avec notre lit, une nouvelle couette fleurie, un tableau, un fauteuil où elle déposait son pyjama et une photo dans un cadre sur la table de nuit. Elle y souriait à un homme. J'ai fait demi-tour et j'ai regardé l'heure sur mon téléphone. J'ai prétexté que je devais y aller et je me suis dirigé vers la porte. Sarah m'a demandé si nous pouvions intervertir des jours de garde en prévision de ses prochaines vacances. Je lui ai répondu qu'on en reparlerait et je suis sorti sur le palier. Je lui ai tendu un sac plastique dans lequel j'avais mis mon carnet bleu.

- Qu'est-ce que c'est? a-t-elle demandé en regardant à l'intérieur.
- Tu regarderas plus tard…

J'ai embrassé Lou, puis elles m'ont dit au revoir en refermant la porte. Dehors, l'avenue était éclairée et filait droit vers le centre-ville. Les lampadaires traçaient des cercles lumineux sur le sol de chaque côté de la rue. Au loin, ils rétrécissaient et ressemblaient à des lanternes sur le bord des pistes d'atterrissage des aéroports. Lou m'a fait un petit signe depuis la fenêtre du salon, puis a joint ses mains et formé un cœur avec ses doigts.

Chez moi, il faisait froid. Le thermostat indiquait 18 degrés. Je me suis drapé dans la couverture sur le sofa sans allumer les lumières. J'ai regardé par la fenêtre et je distinguais parfaitement le sentier à travers le bois sous la lune. Il faisait son chemin à travers les arbres. Mon téléphone s'est allumé sur la table basse du salon. Sarah me remerciait pour la soirée et pour l'effort que j'avais fait. Fallait-il d'autres raisons pour pleurer?

Sous le 38ème parallèle nord se dessinaient à perte de vue des montagnes ingrates, des paysages arides et durs. Une odeur de poudre portée par le vent embaumait la crête. Le silence de la nuit s'était posé sur l'aube et avait absorbé le son de la peau déchirée par l'acier.

Des convois de soldats et de blindés défilaient au loin sur une route sinueuse. La nuit avait été longue et fortement imprégnée de l'odeur du sang. Il y avait eu des combats rapprochés, des cris, des corps qui tombent dans un bruit sourd, le sifflement des obus, les tirs assourdissant comme le chant des cigales à l'agonie, des hurlements en langues étrangères et la peur. La peur là où il y aurait dû y avoir la floraison et le printemps. Qui se souviendrait un jour de ce nom, Kapyong, où Rémy avait vu la mort et sa langue rapeuse lui lécher les bottes et remonter le long de ses jambes qui tremblaient?

Bien des années plus tard, Rémy avait écrit à Ricardo Suarez le souvenir de cette nuit où la guerre l'avait propulsé dans la vie, là où le hasard fait dévier parfois la trajectoire du destin. Il avait raconté qu'à travers l'horreur des hommes, il avait rencontré la beauté auréolée de sang écarlate. Dans l'avion entre Cuba et Montréal, j'avais découvert mon grand-père et j'avais entendu ce qu'il n'avait jamais pu dire à sa famille. Au matin du 25 avril 1951, Rémy avait gravi à pieds le sommet de la colline 667 en enjambant les corps, ceux-là mêmes sur lesquels il avait tiré aveuglément durant la nuit. Tout en haut, des soldats avaient écrit sur un panneau de fortune, *You are now crossing the 38th parallel*. Rémy n'avait pas compris le sens de la victoire ni le prix à payer pour ces

211

quelques mots dérisoires. Puis, le soleil s'était levé sur le sommet des montagnes bombardées et avait fendu le ciel bleu identique à celui de la veille.

Sous la pancarte plantée par des mains victorieuses, un jeune homme fumait, la peur dans les yeux, l'âme trainant dans le souvenir d'une nuit d'horreur. Rémy s'était approché pour lui demander une cigarette. Le jeune soldat lui en avait tendu une et l'avait allumé en cachant la flamme avec ses mains. Rémy s'était assis à ses côtés un instant et avait regardé au loin pour rejoindre l'horizon où le regard du jeune soldat s'accrochait. C'était un matin calme comme il en avait existé des milliers sous le ciel du pays Hanguk. Le monde autour d'eux allait bientôt reprendre sa course furieuse, mais l'instant était d'or, précieux comme la vie qui se relevait devant eux. Ils pouvaient voir les écueils, deviner les pièges, devancer les dangers. Ce ne serait pas facile, mais ils y arriveraient. Ils n'avaient pas suivi cette étrange musique intérieure depuis si longtemps pour y renoncer aujourd'hui. Tout cela en valait la peine. Sans se le dire, sans même se regarder, ils avaient pensé la même chose, au même moment. Certains auraient pu dire qu'il s'agissait d'un moment parfait.

44

Accroché avec de la gommette au tableau de bord de ma golf, l'hôtel Riviera en photo brillait dans la nuit de l'hiver 1953. Tous les clichés contenus dans l'enveloppe du coffre représentaient finalement les étapes d'un parcours douloureux qui avait laissé autant de traces que de plaies. Les lettres de Rémy à Ricardo m'avaient permis d'en exhumer certaines, et la lumière s'était faite sur des parcelles de leur histoire. Toutes les autres renfermaient des secrets, des romans inachevés que l'écrivain enfouit dans ses tiroirs et ne livrera jamais à personne. Les pages ne s'ouvriraient pas, mais tous les mots étaient possibles, toutes les intrigues permises. Cette histoire avait été écrite, qu'importe le temps qui en avait emporté le souvenir.

J'ai fait la route une après-midi de pluie. Peu après Mont-Tremblant, j'ai bifurqué sur la route 117 où la neige réapparaissait dans les fossés. Les noms qui défilaient, Lac-Labelle, Lac-Marsan, Rivière-rouge avaient un jour accompagné Rémy et Edward à bord de leur voiture. Étrangement, c'est parfois l'espace qui fait remonter le temps, et ce qui nous séparait maintenant, c'était davantage les kilomètres que les années. En avançant vers Mont Laurier, j'avais l'impression de revenir en arrière.

La nuit était tombée quand je suis arrivé. J'ai stationné la voiture à l'entrée de la ville devant un casse-croûte. Le lundi soir, le restaurant était tenu par le patron. Sur son polo rouge, Gilles avait épinglé son prénom juste au-dessus du nom de l'établissement brodé en jaune : *Pataterie La patate douce.*

J'ai commandé une frite et un thé glacé, et Gilles m'a invité à m'assoir, il viendrait me servir. Le Journal de Montréal était disponible sur chaque table. En première page, on annonçait la défaite humiliante du Canadien en séries éliminatoires. J'ai tourné les pages sans les lire, survolé les images en noircissant mes doigts avec l'encre du papier bon marché. En face du restaurant, une enseigne de quincaillerie était la seule source de lumière dans la rue. J'ai regardé tout autour, mais aucune trace du motel Riviera où Rémy et Edward avaient passé une nuit. Quand le patron m'a apporté mon assiette et ma canette de Nestea, je lui ai demandé où se trouvait le Motel Riviera dont l'enseigne brillait sur la photo.

-Eh mon dieu, ça un fait bout qu'il a brûlé, a répondu Gilles en replaçant ses lunettes sur son nez graisseux. Il s'est essuyé les mains sur son tablier taché et a pris la photo pour la regarder de plus près.

-Ça appartenait à la famille Bouchard. Et pis ensuite, des Turcs ont construit un club vidéo dans les années 90.

Très heureux de faire la conversation un lundi soir trop tranquille, Gilles a continué de me faire l'historique de sa rue accoté à la banquette en face de moi.

-Ça marchait bien les premières années, ils étaient sympathiques et tout. Pis y'a eu l'arrivée du numérique, les internets et tout ça, et ils ont fermé. Ouais. Ils étaient bien sympathiques. Ils venaient souvent diner ici…

Gilles est allé éteindre sa friteuse en arrière du comptoir et il a continué de parler en nettoyant ses bacs à frites.

214

-Le bâtiment est resté vacant quelques années, et finalement, y'a 3-4 ans, ce sont des Chinois qui ont ouvert la quincaillerie. Ça à l'air de bien marcher. Mais ils ne viennent jamais manger chez moi. Ça mange pas beaucoup de poutines, les Chinois.

Il a sorti quelques tomates et les a coupées en tranches avant de les placer dans un petit contenant. Il a fait la même chose avec des oignons, puis des cornichons et les a rangés dans le frigidaire après les avoir recouverts d'une pellicule plastique pour aliments.

-C'est sûr que c'est pas la même clientèle que l'hôtel. Y'a plus d'action. On a toujours besoin d'un quelque chose pour la rénovation, la maison. L'hôtel, c'était pour les touristes, l'été surtout, des Européens…

Gilles a enlevé son tablier et l'a posé en boule sur le comptoir. La journée achevait, il allait fermer derrière moi.

-Si vous cherchez un hôtel, c'est pas compliqué, y'en a plusieurs en ville. J'ai fini mes frites et je suis parti avec mon thé glacé.

J'étais à trois heures de chez moi, ça n'avait pas vraiment de sens de rentrer à cette heure-là, mais ça n'en avait pas davantage de passer la nuit seul dans un hôtel pour repartir le lendemain matin. Et ça n'en avait pas eu beaucoup de venir jusqu'ici. J'ai tout de même loué une chambre trop luxueuse pour moi dans le premier hôtel que j'ai croisé, un Best Western presque désert. Je n'avais pas de valise et l'hôtesse m'a pris pour un représentant commercial. Le lit était immense face à un téléviseur tout aussi démesuré. Qui avait vraiment besoin de ça dans sa chambre? Il pleuvait fort à l'extérieur, à tel point que le printemps se confondait avec l'automne. Ma dernière escapade avant mon retour au travail était bien triste. Dans deux semaines, j'allais réintégrer mon bureau et retrouver des élèves qu'il me faudrait séduire alors que la dernière des choses dont j'avais envie c'était de plaire.

À eux deux, Rémy et Edward n'avaient pas 50 ans et souhaitaient un monde privé de tous ses sens où ils ne laisseraient qu'une trace commune. Et ils n'avaient eu que cette nuit, sur le bord de la route 117. Une poignée d'heures. Trop peu de secondes. Moi, j'affrontais des heures poussiéreuses où l'absence de Sarah savait me confiner.

Ce n'était pas de cette fenêtre qu'ils avaient vu la nuit percée de lumières. Ce n'était pas dans ce lit à courtepointe fleurie où ils avaient fait l'amour. Ce n'étaient pas ces odeurs au matin qui s'échappaient des cuisines ni ces éclats de voix dans les corridors. Pourtant, je leur dédiais cet espace où laisser revivre leur souvenir. C'est précisément là que je les imaginais, dans une nuit identique, cachée entre des murs où l'on ne fait que passer. Je pouvais imaginer la lueur dans leurs yeux, l'espoir si fragile et la solitude à venir.

Le lendemain matin, l'hiver avait déroulé un fin tapis de neige dans la discrétion de la nuit. La température avait chuté brutalement et glacé le sol où les pas incertains s'aventuraient. J'ai pensé à ma mère qui devait maudire cet hiver à rallonges. Je me suis arrêté au même casse-croûte que la veille, mais Gilles n'y était pas. C'était plutôt Lise, une femme du même âge, qui s'activait en cuisine. J'ai acheté un café qui avait cuit trop longtemps dans son percolateur et je suis reparti en direction de Montréal sous un soleil aveuglant. À la radio, on annonçait une superbe fin de semaine froide, mais ensoleillée, et l'animateur nous demandait d'être patient, que nous vivions sans doute les derniers soubresauts de l'hiver. Je ne me suis pas senti concerné. J'aimais la morsure du froid et la pureté du paysage enneigé. La glace noire sur la route a ralenti mon retour chez moi, mais je n'avais personne qui m'attendait de toute façon. Et puis, à quelques dizaines de mètres devant la voiture, j'ai aperçu un grand oiseau s'envoler d'un poteau de clôture où il était posé. Quand je suis arrivé à son niveau, j'ai ralenti, et l'oiseau m'a accompagné dans un vol parallèle à ma trajectoire. Les grandes ailes battaient avec grâce à quelques pieds du sol et, lorsqu'elles s'immobilisaient, l'oiseau blanc se confondait à la neige. Il a plané, porté par le vent qui nous poussait dans le dos, puis j'ai suivi la courbe de la route vers le sud et il a disparu dans le paysage vers le nord. J'ai espéré qu'un jour Rémy et Edward avaient vécu ensemble un moment comme celui-là.

Repeindre la chambre.

J'ai nettoyé la crasse laissée un peu partout dans la maison durant les mois de cohabitation avec mon grand-père, les cernes de bouteilles et de verres, et j'ai vidé les cendriers qui avaient débordé. J'ai répondu à des courriels d'amis auxquels je n'avais pas daigné donner suite. Je me suis excusé. J'ai été rassurant, fort d'un nouveau statut météorologique sur Facebook et d'une volonté convaincante d'aller mieux.

J'ai écrit une lettre à Sarah avec du papier et un stylo, comme on le faisait avant quand on se laissait des petites notes pour la journée, *À ce soir mon amour*, et je lui ai demandé pardon de n'avoir pas su mieux faire avec elle. Je lui ai parlé de quelques moments vécus ensemble, parmi les millions de souvenirs. Je lui ai dit que je l'embrassais, comme avant, se souvenait-elle, avant l'épisode de Matanzas où j'avais laissé sa main froide se détacher de la mienne. Je lui ai dit que je ne pourrais jamais cesser de l'aimer, parce qu'il y avait Lou, à la fois le fruit et les racines de mon amour pour elle. J'ai déposé la lettre sur la table de la cuisine en attendant de trouver le courage de la lui remettre.

Eugénie m'a envoyé un texto. Elle m'a demandé si la route m'avait amené où je le voulais. Quelques jours plus tard, elle a fermé son compte sur *Tinder* et fait disparaître *Génie333*. Comme dans la légende, elle était apparue en ondine pendant l'orage à la surface des eaux vaporeuses d'un torrent où j'étais précipité. Et elle est repartie les yeux brillants, pour une dernière fois, dans une nuit devenue mythologique.

- Tu es plus fort que lui, tu dois y croire.

Repeindre la chambre.

J'ai sorti tous les meubles de ma chambre, rangé mes vêtements dans les garde-robes et les tiroirs. J'ai lavé les murs à grande eau et tiré de vieux draps sur le sol pour protéger le plancher des éclaboussures de peinture blanche. Sous le rouleau, il y aurait désormais des murmures et des soupirs, nos respirations endormies, nos mots d'amour, les mots d'un soir de rupture, et la souffrance et le bonheur, et notre vie des 15 dernières années fixée pour toujours.

Lou m'a appelé sur Skype. J'ai vu sa photo de profil apparaître, un selfie près du lac Nipissing, et j'ai laissé sonner un peu pour éclaircir ma voix et préparer mon plus beau sourire. Elle était dans sa chambre, assise sur son lit. Elle a fait une moue en me disant bonjour pour cacher sa joie de me voir sourire et manifester aussi un peu de la rancune qui s'estompait. La moue de Sarah quand elle m'en voulait un peu sans céder tout de suite à sa bonne humeur. On a parlé quelques minutes, et c'était bon de la voir. Ça m'a serré le cœur de ne pouvoir la prendre dans mes bras. Au loin, dans ce qui devait être la cuisine, j'ai entendu des bruits d'ustensiles que l'on place sur la table, d'assiettes que l'on dispose, de verres qui s'entrechoquent, de voix qui rient de bon cœur. Une musique joyeuse enveloppait le tout, et cette atmosphère m'était familière, je pouvais presque m'y transporter et sentir l'odeur qui s'échappait du four et reprendre une place qui m'attendait autour de la table. Une voix d'homme s'est détachée de cette scène de bonheur familial pour rejoindre celle de Sarah. Lou devait y aller, on l'attendait pour souper. Elle a rougi et compris que j'avais compris. J'ai entendu Sarah l'appeler pour venir « les » rejoindre. J'ai fait comme si de rien n'était, je l'ai regardée dans les yeux, ces yeux qui voulaient crier, me dire de tenir bon, ce n'était pas grave, elle était là, elle le serait toujours, on y arriverait, elle m'aiderait, elle m'aimait, papa si tu savais.

J'ai refermé la tablette et allumé mon téléphone pour faire jouer un peu de musique. Nina Simone chantait en français une chanson de Brel. Son accent déformait les mots. Ce qui aurait pu être risible était touchant. Le visage bouffi, les yeux noyés, elle chantait *des perles de plouie*.

Je devais repeindre ma chambre, appliquer le blanc le plus lisse, et laisser entrer la lumière par les fenêtres ouvertes.

Devant le miroir de la garde-robe, j'ai plongé mes mains dans la peinture et j'ai peint mon visage en blanc, puis mon torse nu, puis mes bras et mes cuisses. J'ai recouvert le moindre centimètre carré, tous les pores, toutes les lignes creusées au fil du temps. La cicatrice sous mon œil a disparu comme un paysage dans la brume épaisse de la mer. Ma peau s'est fondue aux murs, à la maison, à son histoire. Et pour la première fois depuis le 16 février 2015, j'ai imaginé le jour où tout cela serait derrière moi. Quand il serait triste de ne plus être triste en pensant à Sarah. Ce jour arriverait, puisqu'on se console de tout. Edward avait tort…Le réconfort est dans ce que la souffrance a de banal, dans l'image des achigans le soir à la surface du lac Nipissing, dans l'écume des vagues sur les plages de la baie des massacres.

Dans le sourire de Lou.

Et peut-être aussi dans le temps qui passe.

Crédits et remerciements

Merci à Stéphanie Duret, encore et toujours. Pour la correction, le support et la patience.

Merci à mes premiers lecteurs pour leurs conseils et leur appui.

www.ingramcontent.com/pod-product-compliance
Lightning Source LLC
Chambersburg PA
CBHW070453260626
47161CB00004B/1282